CW00504313

La memoria

1043

DELLO STESSO AUTORE

La briscola in cinque
Il gioco delle tre carte
Il re dei giochi
Odore di chiuso
La carta più alta
Milioni di milioni
Argento vivo
Il telefono senza fili
Buchi nella sabbia
La battaglia navale

Marco Malvaldi

Sei casi al BarLume

Sellerio editore
Palermo

e-mail: info@sellerio.it
www.sellerio.it

I racconti riuniti in questo volume sono apparsi per la prima volta nelle seguenti antologie:
Un Natale in giallo, 2011 («L'esperienza fa la differenza»); *Capodanno in giallo*, 2012 («Il Capodanno del Cinghiale»); *Ferragosto in giallo*, 2013 («Azione e reazione»); *Regalo di Natale*, 2013 («La tombola dei troiai»); *Carnevale in giallo*, 2014 («Costumi di tutto il mondo»); *Vacanze in giallo*, 2014 («Aria di montagna»).

Questo volume è stato stampato su carta Palatina prodotta dalle Cartiere di Fabriano con materie prime provenienti da gestione forestale sostenibile.

Malvaldi, Marco <1974>

Sei casi al BarLume / Marco Malvaldi. - Palermo: Sellerio, 2016.
(La memoria ; 1043)
EAN 978-88-389-3570-1
853.92 CDD-23 SBN Pal0292356

CIP - *Biblioteca centrale della Regione siciliana «Alberto Bombace»*

Sei casi al BarLume

L'arte di non inventarsi niente

In questo libro troverete sei racconti ambientati al BarLume e già pubblicati, in ordine rigorosamente cronologico, in altrettante raccolte dal medesimo editore.

Credo sia giusto raccontarvi per quale motivo questi racconti siano nati, come siano stati svezzati e adesso, diventati grandi, siano pronti per camminare con le loro gambe.

Il primo di questi racconti, L'esperienza fa la differenza, *vide la luce su espressa richiesta di Antonio Sellerio, il quale da lettore si chiedeva quali fossero le abitudini dei personaggi che pubblicava nella vita di tutti i giorni. Nella vita normale, quella senza omicidi, dove i problemi si chiamano bollette da pagare, brutti voti, influenza in vacanza e così via.*

Ora, la telefonata in cui ricevetti questa richiesta seguì a distanza di circa tre minuti una precedente telefonata, nella quale un Malvaldi ben oltre l'orlo della crisi di nervi aveva finito di parlare con un rappresentante della locale ditta responsabile della raccolta differenziata; la conversazione si era svolta, come capita usualmente in questi casi, a domande e risposte («Avrei bisogno di buttare via un vecchio divano di legno e paglia, quando potreste venire a ritirarlo?» fu la prima, «Il 26 agosto è fra quasi due mesi, non c'è una data precedente?» fu la seconda, «Se lo lascio sul terrazzo due mesi e nel frattempo piove, come sicuramente farà visto che abito a Pisa, lei ha idea di quanto potrebbe puzzare l'oggetto di cui stiamo parlando?» fu la terza e «Lei, così stupido, ci è nato oppure vi fanno dei corsi prima di mettervi a rispondere al pubblico?» fu quella che concluse, di fatto, la conversazione) e aveva lasciato l'utente/Malvaldi in uno stato di tangibile indignazione.

Quando il mio editore mi chiese quindi di far confrontare i miei pupazzetti con un problema di quotidiana attualità, e di ambientare il racconto durante le festività natalizie, mi venne piuttosto spontaneo pensare alla raccolta differenziata: argomento del quale, mio malgrado, avevo dovuto diventare piuttosto esperto nei mesi precedenti. Un argomento, appunto, della vita di tutti i giorni.

Ma la vita di tutti i giorni non è poi così interessante. Le cose più avvincenti ed emozionanti sono, per loro natura, quelle inaspettate.

Per risultare interessante a chi legge, una storia di intrattenimento deve necessariamente parlare di qualcosa di inusuale: che siano draghi ed elfi, maghetti con gli occhiali o morti ammazzati, poco importa – sono oggetti che, di solito, non hanno a che fare con le esperienze che viviamo in prima persona. Per questo, dal secondo racconto in poi, i miei pupazzetti hanno ripreso ad occuparsi di omicidi o di fatti criminosi – perché avevo paura che, senza il delitto, i racconti sarebbero diventati sempre più noiosi. Il che sarebbe stato, senza alcun dubbio, colpa mia. I miei personaggi, o meglio, le persone da cui sono nati i miei personaggi, potevano avere tanti difetti, ma «noiosi» è l'ultimo aggettivo che mi verrebbe in mente per descriverli.

Ho passato le mie estati, dagli zero ai diciotto anni, in una grande casa di campagna, a Navacchio, circondato da una famiglia allargata di dimensioni allegramente preoccupanti: fra nonni, zii, cugini, nipoti e amici dei parenti si arrivava non di rado a più di venti persone, la maggior parte delle quali poco inclini a prendere la vita sul serio.

Mio zio Vittorio, di Verona, era capace di andare al mercato vestito da arabo, con un caffettano e un velo fissato sul capo da una vecchia camera d'aria, per tentare di vendere la propria moglie «intera o a tranci»; fu lo stesso Vittorio che, fuori del cortile della casa, che si affacciava sulla Tosco Romagnola, mise un finto menù di ristorante nella segreta speranza che qualche turista particolarmente tonto (e se un turista capitava a Navacchio, nel pieno pian di Pisa, troppo furbo non doveva essere) entrasse a chiedere a mia nonna se si poteva mangiare qualcosa. Capitò solo una volta, e mia nonna andò vicino a farli sedere a tavola, convinta che fossero amici di qualche parente che si era scordata.

Mio cugino Claudio, di Torino, era capace di inviare finte cartoline precetto agli amici che si sposavano, facendogliele recapitare il giorno precedente al matrimonio da un vigile urbano (collega di suo padre) con tanto di talloncino del treno e del traghetto: il Centro Addestramento Reclute di destinazione, infatti, solitamente era Arbatax.

Persone noiose, poche. Persone in grado di cambiare una giornata, parecchie.

E su tutti, ovviamente, mio nonno Varisello.

Anche per Varisello fu galeotto l'addestramento di una recluta; il fantaccino in questione era mio bisnonno Giuseppe, suo futuro padre, che nel 1915 venne mandato a difendere il suolo natìo insieme a tanti altri disgraziati per volere del Re. Prima del fronte, l'addestramento: e fu proprio sul luogo dell'addestramento che il bisnonno giurò a un suo commilitone che se mai fosse tornato vivo dalla guerra, avrebbe chiamato i suoi primi due figli proprio come i forti dove lo stavano addestrando a sparare ai figli di qualcun altro. I due bastioni, tanto per capire la portata del giuramento di mio bisnonno, si chiamavano «forte Varisello» e «forte Roncia».

Molti dei suoi commilitoni non tornarono; Giuseppe, invece, sì. E, dopo essersi sposato, ebbe due gemelli, un maschio e una femmina.

Esatto. Varisello e Roncia.

Roncia morì pochi giorni dopo essere venuta alla luce; Varisello le sopravvisse di novantasei anni circa, tutti vissuti con l'orgogliosa incapacità di tenere la bocca chiusa.

Mio nonno, infatti, era una persona irrimediabilmente sincera. Se lo pensava, lo diceva. O, meglio: se lo pensava, lo doveva dire.

Gli aneddoti su quello che mio nonno era in grado di combinare quando non riusciva a tenere la bocca chiusa quando avrebbe dovuto sono talmente tanti che anche solo scegliere sarebbe un'ingiustizia. Per dare un'idea di quanti siano stati, tenete presente questo: che mio nonno, socialista, anticlericale e notevole bestemmiatore, viveva in casa col suo secondogenito, mio zio Piero, parroco di Forte dei Marmi.

Per dare un'idea di cosa fosse in grado di dire, basterà invece ribadire quello che molti già sanno: che nonno Ampelio, il nonno di Massimo, è un ritratto fedele di nonno Varisello. Molto poco di quello che esce dalla bocca di Ampelio è inventato; nella stragrande maggioranza dei casi, relata refero.

Come è stato detto, riferisco.

E, nella gran parte dei casi, il relatore delle imprese di mio nonno è stato mio padre.

Non di rado, sono stato testimone diretto delle acrobazie verbali di mio nonno; ma la maggioranza delle prestazioni degne di nota mi sono state riportate da Gino, mio padre, naturale anello di congiunzione tra il nonno e il nipote. Iracondia, furbizia, tachicefala fantasia nell'istoriare moccoli sempre nuovi: le doti principali di mio nonno spesso sono venute fuori a tavola, dopo cena, dai racconti che per Gino rappresentavano il sostituto del proibitissimo dessert (mio padre è cardiopatico). Iracondia, furbizia, si diceva, ma anche generosità oltre l'immaginabile e, quando ne valeva la pena, anche una encomiabile pazienza: ne dovette fare uso, per esempio, quando essendosi recato a Livorno in Lambretta per inderogabili impegni di lavoro (torneo di briscola), ricevette un cospicuo guiderdone per il suo impegno. Avendo infatti vinto il suddetto torneo, insieme al suo compagno di carte, pretese ed ottenne il primo premio del torneo, del valore di lire diecimila. Attenzione, però: il premio valeva, sì, diecimila lire, ma non era un assegno di diecimila lire. Né un maz-

zetto di dieci banconote da mille, né tantomeno un bonifico bancario: il premio da lire diecimila era infatti un maiale, del valore commerciale di lire diecimila e, soprattutto, del peso di chili sessanta circa.

Mio nonno si trovò così nella necessità di tornare a casa in due più il premio con un mezzo di trasporto non omologato per la movimentazione di suini; situazione aggravata dal fatto che il mezzo, a cui l'animale venne allegato tramite apposita procedura di contenzione analogica (corda con nodo), finì la miscela a metà del tragitto. Per arrivare alla meta, fu necessario ricorrere al 42: non l'autobus di turno, che alle tre di notte non passa nemmeno adesso, figuriamoci nel '56, ma il numero di scarpe del nonno, con duplice funzione di spinta del mezzo meccanico e di carburante per quello biologico, in quanto da un certo punto in poi il maiale si era impuntato come un mulo e per fargli fare un passo bisognava prenderlo a pedate.

Una nottata tutto sommato allucinante, nel racconto di mio padre, si trasfigurava così in una avventura omerica, una sorta di Odissea minore che culminava nell'accoglienza di mia nonna Lina, novella Penelope armata di mattarello, disposta a rabbonirsi solo alla vista dell'animale (quello a quattro zampe). E lo stesso dicasi di tanti altri fatti, che nascevano tragedia e poi, per bocca di Gino, diventavano commedia, senza mai scadere nella farsa.

Io, nel mio piccolo, tento di fare la stessa cosa: parlare con tono leggero di cose che leggere, a viverle, non sono, nella serena consapevolezza che i miei morti ammazzati sono morti di carta, e che servono principalmente a far parlare e vivere, per me prima di tutto, persone con cui da tempo non parlo più. Mi dispiacerebbe, sinceramente, se alcune di queste venissero dimenticate.

M. M.

L'esperienza fa la differenza

Nella settimana di Natale, l'unico stato d'animo che un barista non prova è la noia.

Si comincia la mattina, con i residenti di Pineta che si apprestano ad affrontare la giornata di shopping a Pisa con lo spirito di chi si avvia per la transumanza e cerca conforto nei fonti alpestri del cappuccino e del cornetto di Massimo.

Il flusso pastorale si fonde, pian piano, con la processione di QuelliInvitatiaPranzoCheDevonoPortareunaBottigliadiQualcosaSennòCheFiguraCiFaccio, eternamente dibattuti tra la voglia di ben figurare e la ferrea volontà di spendere meno di dieci euro. Massimo chiede, consiglia, diffida, e fondamentalmente reprime. A volte educatamente («Se vuole il mio consiglio, fa molta più figura con questo»), a volte drasticamente («Con questa cifra, se vuole qualcosa che faccia le bollicine, posso suggerirle solo un chinotto») e a volte di sponda («Fanno sette e cinquanta. Se vuole il pacchetto, qui accanto c'è un'ottima cartoleria»).

Il tutto – l'affanno continuo, le richieste assurde, fare tutto da solo perché guarda caso il diciannove dicembre la banconista part-time riesce a prendere il morbillo, tenere d'occhio il totem con i cioccolatini di Amedei ben sapendo che ne verranno fregati più di quelli che verrano venduti – sarebbe già abbastanza da mandare di fuori una persona normale. Se poi ci aggiungiamo, in un angolo, quattro vecchietti placidi e tranquilli, che giocano a carte e leggono il giornale come se niente fosse...

«Ecco qua» disse Massimo, appoggiando sul bancone un pacchetto che, nonostante cinque minuti di immane fatica e almeno dieci bestemmie in playback, sembrava disegnato da Gaudí.

Il cliente lo guardò, incerto se ringraziare.

«Desidera altro? Benissimo. Sono ventitré e cinquanta».

E con aria professionale, Massimo dette l'ultimo tocco al suo capolavoro inserendolo in una busta di cartone, insieme ad un cartoncino del BarLume.

«Ecco qua. Buona serata e buon Natale».

«Però, come sei diventato professionale. Sembra quasi che tu glielo auguri per davvero» disse Aldo, dal tavolo in fondo, non appena il tizio fu uscito.

«Qualcosa gli auguro di sicuro» rispose Massimo, guardando sconfortato il casino che aveva creato sul bancone per riuscire a fare il pacchetto. «Ma dico io, con tutte le enoteche che ci sono in giro, devi venire proprio qui a comprare una bottiglia da regalare? Bisogna essere dei poveri di spirito. La paghi di più, ti becchi un pacchetto orrido, e ora devo pulire con il napalm. Dimmi te se è da furbi...»

«Guarda, Massimo, queste cose succedano perché ormai hai un nome» disse il Del Tacca appoggiando con cura un sette di briscola sul tavolino. «Ce lo vedo già, quer citrullo, mentre lo scartano. "Ò, questovì è bono per forza, eh. L'ho preso da Massimo". Era contento anche se gli davi la gazzosa».

«Ha ragione Pilade» disse Gino, irridendo con soddisfazione il sette di denari con un inutile quattro di fiori. «Fatti un nome, piscia a letto e diran tutti che hai sudato. Lo diceva sempre la mi' mamma».

«Ne diceva tante, la tu' mamma» ricordò Ampelio, appoggiando un fiducioso tre sul mucchietto. Al che Aldo, con aria sapiente, si schiarì la gola ed estrasse un fante di briscola, con il quale radunò le tre carte succitate. Ampelio lo guardò malissimo.

«La mia, invece, più che altro passava all'azione, lo so» disse Aldo in modo professionale. «Comunque, Massimo, non sei il solo che ha problemi di spazzatura. Il nostro amico stanotte ha colpito ancora».

«E io ci godo come un maiale» disse Pilade assestandosi sulla seggiola. «Se lo meritano tutte le vòrte che lo fa. E se lo trovo a giro per la strada, e lo vedo, gli do una mano».

«Ma ormai mi sa che arrivi tardi» disse Gino, protendendo la mano adunca verso il giornale. «Ogni settimana va sempre più lontano. Stanotte è arrivato fino dall'amerìani».

«Come, dagli americani?».

«Oh, c'è scritto vì».

E, con la sua voce alta e impersonale, cominciò:

«“Continua la guerra della spazzatura. Servizio di Armando Anfossi. Pineta. Continuano? Non solo. Continuano e si estendono, gli atti di vandalismo che vedono coinvolto da più di una settimana il Comune di Pineta. Settimana dopo settimana, i cittadini dei quartieri nei quali è attiva la raccolta differenziata porta a porta – avanzi di cibo, sfalci di piante e altro materiale biodegradabile – lasciano fuori dalla porta il loro bravo secchiello smart-lock. E ogni settimana, nottetempo, qualcuno apre tutti i secchielli, uno per uno, ne estrae il sacchettino biodegradabile, lo rompe e ne sparge il contenuto per tutta la strada, lordando ovunque. Il vandalo, che dapprima aveva limitato le sue scorribande al solo quartiere di Trieste, ha continuato ad allargare il suo campo d'azione, includendo prima il quartiere di Santa Bona ed infine, stanotte, l'intera zona residenziale che costeggia Camp Darby. Il che ha portato più d'uno a pensare che il vandalo abbia fatto opera di pro-se-li-tismo”, mamma mia come scrive difficile questo vì, “e che ormai sia coadiuvato da uno o più complici”».

«Ai quali tutti brindo, uno per uno» disse Aldo, levando in alto un inopportuno bicchiere di cedrata.

«E io mi associo» rincarò Pilade. «In culo a loro, alla raccorta differenziata, all'organico settimanale e al budello delle loro mamme, morte e vive nel casino».

A questo punto, è necessario fermarsi un attimo. Se non vivete a Pineta, e non siete frequentatori abituali del BarLume, per capire chi sta parlando e cosa sta succedendo occorre che facciamo un piccolo passo indietro. Niente di drammatico, non preoccupatevi: ci limitiamo a tornare a una mattina di metà ottobre. Un periodo tranquillo, visto che l'estate è finita da un pezzo e che il Natale è ancora parecchio lontano, e quindi al bar troviamo solo il barrista e i clienti abituali. Una mattina tranquilla, che inizia come sempre: caffè, dolcetto e lettura del giornale.

«"... ha sancito il divieto di insegnare, nelle scuole dello stato, la teoria del progetto intelligente nell'ambito del corso di scienze naturali, equiparandola di fatto alla teoria dell'evoluzione di Darwin. In questo modo, il giudice americano John E. Jones sostiene di aver fatto null'altro se non rilevare l'anticostituzionalità di tale insegnamento. La sentenza, infatti, si basa..."».

La voce, dal timbro netto e impersonale, veniva dal retro di un giornale aperto con cura estrema da due mani adunche. La mano sinistra era munita di un anello nuziale e di una sigaretta accesa, la cui cenere lunga e compatta denunciava l'assenza di effettivo uso della suddetta, a causa probabilmente dell'impossibilità di fumare tenendo un giornale aperto. La mano destra non aveva particolari segni di riconoscimento, se si eccettua la lunghezza dell'unghia del mignolo sui cui usi abituali ci sembra opportuno non addentrarci nei particolari, esattamente al contrario di quanto faceva l'unghia stessa di solito.

Tutti questi particolari contribuivano ad identificare immediatamente il proprietario delle mani in Gino

Rimediotti, settantaduenne ex portalettere, lettore ufficiale del giornale nell'ambito del suo attuale stato lavorativo di pensionato al bar, incarico che ricopre con dedizione. Il ruolo di lettore gli viene, oltre che dalla voce chiara e squillante ancorché priva di slancio interpretativo, dal fatto che nel corso della lettura non si esibisce in continui commenti sul contenuto del giornale medesimo come stava per fare, per esempio, il suo vicino di tavolo. Il quale, dopo un grugnito, interruppe senza riguardi la lettura per dire la sua:

«Su cosa si basa. Vedrai. Si basa sur fatto che l'amerìani cianno bisogno der giudice per qualsiasi cosa. Mi ricordo qualche anno fa una bimba di sedicianni si sfece i tendini a' polsi perché passava dieci ore al giorno a giocare con i giochini elettronici. E la su' mamma, invece di rintronalla da' nocchini ner capo, fece causa alla ditta de' giochini perché sulla scatola 'un c'era scritto che gioa' dieci ore ar giorno poteva esse' perioloso. E l'ha vinta!».

«O come mai l'ha vinta?».

«Te l'ho detto, Ampelio. Perché sul manuale non c'era l'avvertimento che gioa' dieci ore di fila è perioloso».

A parlare era stato Pilade Del Tacca, settantuno di età, centosessanta di altezza, centosei di diametro e trecentodieci di colesterolo. Dopo aver vissuto una trentina d'anni a spese dello Stato con la scusa di lavorare in Comune, il Del Tacca aveva deciso di ufficializzare il fatto di non aver mai avuto voglia di fare un tubo andando in pensione a cinquantadue anni e continuando così a campare alle spalle dello Stato medesimo. Un vecchietto grasso, antipatico, cinico e lucidissimo, il cui principale talento consisteva nel trovare le magagne e nello spiegarle ai suoi pari; la spiegazione che dette dell'accadimento in questione però non apparve esaustiva al suo interlocutore, che si vide costretto a puntualizzare:

«Ma fammi ir piacere. Allora se mangio un chilo di lupini e poi 'un cào per una settimana, posso fa' causa ar Vaglini perché sur sacchetto 'un c'è scritto che i lupini murano 'r culo?».

Se non siete nuovi del bar, sapete benissimo che l'ultimo forbito intervento viene da Ampelio e non ci sarà bisogno di ulteriori spiegazioni. Se invece è la prima volta che entrate qua dentro, è necessario precisare che:

– Ampelio Viviani è un ottantaduenne che definire arzillo sarebbe riduttivo, amico di lunga data del Rimediotti e di Pilade Del Tacca, con i quali condivide la situazione di pensionato;

– detto Ampelio è il nonno di Massimo, proprietario del BarLume, ovvero il bar nel quale risiedono quasi stabilmente i personaggi di questo racconto. Il particolare è di non poca rilevanza, visto che negli altri bar del paese Ampelio non è il benvenuto;

– la possibilità che il nostro eroe possa mangiarsi un chilo di lupini, anche se esagerata, non è affatto ipotetica visto che il Nostro, in culo al diabete come egli stesso ama ricordare, quando mangia (e in generale quando apre bocca) è in grado di oltrepassare ampiamente i limiti della decenza.

L'osservazione di Ampelio, come capita spesso, non necessitava di una risposta. Ma ciò nonostante, da dietro il bancone Massimo puntualizzò:

«Se tu fossi negli Stati Uniti, probabilmente sì. Siccome siamo in Italia, al massimo puoi citare il Vaglini perché i lupini sono avariati. Il che non mi stupirebbe. Fanno schifo».

«Comunque» intervenne Aldo «ciò non toglie che il Del Tacca abbia ragione. Gli americani devono far entrare la legge dovunque. Ogni tanto senti raccontare di sentenze allucinanti. Ma mica per la sentenza, proprio per l'oggetto del contendere».

«È gente diversa da noi» disse Pilade. «Ragionano in un altro modo, tutto lì. Lo vedi in tutto quer che fanno. Dimmi cosa ti pare, ma gente che gli garba guardare il baseball vor di' che è fatta in un altro modo».

«Mamma mia, ir beisbòl» ridacchiò Ampelio. «Ci si provò anche, a andallo a guarda', quando ci gioàvano in Campo Dèrbi. È tarmente palloso che anche quelli che gioano son già in pigiama, così fanno prima».

«Comunque» continuò Aldo «io non capisco per quale principio un giudice possa proibire l'insegnamento di un qualcosa che riguarda le scienze. Con quale competenza lo decide?».

«Con quella del diritto, a sentire il giornale. Ha ritenuto la cosa anticostituzionale. E per gli statunitensi la costituzione è sacra. Poi, io non sono un esperto. Per capirlo meglio forse bisognerebbe finire di leggere cosa dice il giornale».

Detto, fatto. Il Rimediotti prese fiato e si apprestò a ricominciare, vedendosi finalmente restituito il ruolo principale, quando una donna con un enorme gonnellone e con un parabrezza in mano arrivò volando a quota molto bassa e si fermò di fronte alla porta a vetri. Questa, infatti, era la prima sensazione che si aveva quando arrivava la postina più popolare di Pineta, Annacarla Boffici, detta «la Postona» per la sua mole esuberante; centodieci chili di ciccia ed allegria contagiosa che, una volta scesi dallo scooter, rendendolo finalmente visibile, entrarono nel bar e consegnarono a Massimo una busta sottile.

«Regalino di Natale» disse Annacarla porgendo la busta, mentre con l'altra mano cominciava a togliersi il casco. Bianca con una striscia blu e verde; anche senza voltarla, Massimo aveva riconosciuto da lontano l'impronta della Oegea, la ditta che si occupava della raccolta differenziata e dello smaltimento rifiuti nel Comune di Pineta.

«Ma che gentile» disse Massimo, pensando che fosse una bolletta. «Saremmo a ottobre, però».

Senza scomporsi, Annacarla si installò temerariamente su uno sgabello, manifestando l'intenzione di regalarsi una delle sue leggendarie colazioni.

«Sì sì. Però il regalino te lo fanno a Natale. Leggi leggi».

«Sai già cosa c'è scritto?».

«Ormai lo sa mezza Pineta. E quell'altra mezza, ci vòle uno zinzino di pazienza. Ce n'ho ancora due borsoni, di quella roba lì». [illegible] fece un cenno verso il motorino. «Prima, però, me lo fai un ber poncino a bollore, così mi scardo un po' anch'io?».

«Subito» disse Massimo, prendendo la busta e porgendola ad Aldo. «Mentre faccio il ponce, per favore, mi leggi che c'è scritto?».

Dopodiché, si mise all'opera. Ponce.

Unico contributo della città di Livorno al benessere del genere umano, senza contare il cacciucco, il ponce alla livornese sta al *punch* inglese come un carro armato sta a una cerbottana. (L'etimologia, fra l'altro, pare sia differente: dicono che sia stato Garibaldi, dopo aver gustato la bevanda, a dire che scaldava più del suo poncho). Caffè, rum scuro, zucchero, una eventuale scorza di limone (che eleva il semplice «ponce» alla dignità di «ponce a vela») e via, servito caldo bollente; e questo è l'unico bar della zona in cui il proprietario, invece del cosiddetto «rum fantasia» (alcol, zucchero e caramello), usa autentico rum Demerara. Una botta di vita, ma se ti alzi alle cinque di mattina tutti i giorni è esattamente quello di cui hai bisogno.

Sotto lo sguardo lievemente stizzito del Rimediotti, intanto, Aldo aveva preso la busta e l'aveva aperta. Quindi, dopo aver dato una scorsa al contenuto, alzò gli occhi verso Massimo e lo guardò male.

«Non ci credo».

«Nemmeno io. Ecco qua» disse Massimo, mettendo di fronte alla Postona la sua razione di Flegetonte. «Finché non sento, non credo. O me lo leggi o lo passi al Rimediotti».

«Te lo leggo, te lo leggo». Scatarrata. «"Gentile utente, le difficoltà attraversate in questo momento dalla nostra economia hanno reso necessario di recente un rimodellamento della nostra azienda ed una riqualificazione di parte del personale"».

«Riqualificazione» disse Ampelio. «Vor di' che n'hanno licenziato un centinaio. Vedrai se c'erano i sindacati de' mi' tempi dove te la mettevi la riqualificazione».

«"Per questo motivo"» continuò Aldo «"a partire dal giorno zerouno dodici dell'anno in corso, la raccolta dei rifiuti solidi urbani domestici subirà una variazione". Qui ci sono due o tre righe di stronzate che ti risparmio, dopodiché si va al succo: "In particolare, la raccolta dell'umido (rifiuto organico biodegradabile) cesserà di essere effettuata con cadenza trisettimanale (lunedì, mercoledì e sabato) e verrà effettuata con cadenza settimanale ogni lunedì non festivo"».

La reazione a queste parole fu globale. Postona a parte, che era già a conoscenza del contenuto della missiva, ogni singolo occupante del bar rimase esterrefatto.

«No, 'un ho capito. Una vorta a settimana?».

«Qui c'è scritto così. Una volta a settimana».

«E la loro mamma che ci fa la rima» si inserì il Del Tacca. «Ma cosa credano che ciabbia, il silos in casa? Già l'indifferenziato lo portan via una vorta ogni quattro settimane, che io sur terrazzo a partire dal dieci d'ogni mese ciò de' sacchi der sudicio paian corazzieri. Ora anche l'organico no, eh? E quella roba puzza, Dio sagrato. Già quest'estate ogni tanto andavo sur terrazzino e mi sentivo sveni'. Cosa faccio, mi tengo in casa il sacchettino coll'arrosto buttato via per una settimana?».

«Perché, in casa tua capita anche che tu lo butti via, l'arrosto?» chiese Ampelio. «A vedetti, 'un parrebbe».

«A casa mia, no» ridacchiò la Postona.

«Allora si fa che quando m'avanza quarcosa te lo porto a te» disse Pilade, indicando il ponce in mano alla Postona. «Alle brutte se è andato a male ci butti giù uno di vell'affari lì, vedrai lo digerisci».

La Postona annuì, con l'aria di chi è superiore, e finì in un sorso rapido il suo bel poncino. Quindi, salutata la compagnia, uscì dal bar, si mise il casco e veleggiò via a bordo del suo scooter fantasma, mentre la discussione proseguiva.

«Ma io poi già faccio casino come è ora» incominciò a lamentarsi il Rimediotti. «I tappi di sughero, per esempio, 'un sono biodegradabili? Allora perché li devo butta' nell'indifferenziato? Io alle volte 'un ci capisco una sega».

«Ma perché non conta il materiale e basta» disse Massimo. «Sarebbe logico, sarebbe facile, e quindi non va bene. Prendi il polistirene, per esempio».

«E cos'è?» chiese il Rimediotti.

«Sarebbe il polistirolo. Però polistirolo è il nome comune. Chimicamente, il nome corretto sarebbe polistirene. È un polimero termoplastico, il che vuol dire che se lo fondi e lo fai raffreddare riottieni esattamente lo stesso materiale. Sarebbe, in pratica, l'unico materiale veramente riciclabile. Purtroppo, in Italia non si può riciclare, e sai perché? Perché le ditte che usano il polistirolo non pagano la tassa sul riciclaggio, e quindi non possono usare materie prime seconde, cioè materiale che qualcuno ha buttato via, e quindi devono comprare il polistirolo vergine. E c'è un'altra cosa bellina».

Massimo andò verso il fondo del locale e ne tornò con un piatto e un bicchiere di plastica.

«Ad avere un bar, sulla raccolta differenziata ti fai una cultura. Che differenza c'è tra questo e questo?» disse, mostrando i due oggetti.

«De', in uno ci mangi e in quell'altro ci bevi».

«Grazie, nonno. Non so cosa farei senza di te. Si stava parlando di materiali. Entrambi questi oggetti sono fatti di polistirene. E c'è scritto, chiaramente, sulla confezione. Adesso, per smaltirli, posso gettare questi oggetti nello stesso contenitore?».

«De', se 'r buo è abbastanza grosso per ir piatto...».

«No» disse Pilade. «Il piatto non è solo di polistirolo. C'è una qualcosa come l'uno per cento di polvere di gesso, per renderlo più duro. Più resistente. Quanto basta per non poterlo fondere come se fosse solo polistirolo».

Massimo guardò Pilade alzando le sopracciglia.

«Te ciai il bar» disse Pilade. «Io ciò la mi' moglie che mi rompe le palle colla raccorta differenziata mattina e sera. E questo buttalo vi'. E questo è carta ma prima levaci ir coperchio e mettilo là dentro. Questo lo butti nell'indifferenziato, questo ner velenoso, questo prima gli togli 'r malocchio, questo te lo devi mangia'...».

Aldo si alzò dal tavolino e andò verso Massimo.
«Massimo» disse con voce seria «adesso che la Postona è andata via, ce lo puoi anche dire».
Massimo guardò Aldo, senza capire, poi scosse la testa.
«No, tremendamente spiacente. Non è uno scherzo mio, stavolta. Fra l'altro, come scherzo di Natale sarebbe veramente geniale. Ma se è uno scherzo, non è mio».
«Sicuro?».
«Sicuro».
Aldo guardò Massimo negli occhi.
Due o tre anni prima, Massimo aveva spedito a tutti i ristoratori del comune una finta direttiva della Comunità Europea, denominata «Norme europee per il Cenone di Capodanno», nella quale venivano elencate in modo puntiglioso e burocratico tutte le caratteristiche che un pasto servito la sera del 31 dicembre doveva possedere per poter essere appellato e pubblicizzato come «Cenone di Capodanno» ai sensi della normativa europea vigente.
Il documento, suddiviso per articoli, riguardava le varie portate e i momenti in cui servirle (Art. 12: «Le lenticchie, obbligatoriamente di provenienza europea e preferibilmente da agricoltura biologica, debbono essere servite in un piatto da portata recato a tavola solo al momento della degustazione, e non poste nel piatto di ogni singolo commensale. Detto piatto, di dimensione compresa tra cm 29 e cm 50 lungo l'asse maggiore, può essere recato in tavola non prima delle ore 23:00 e non oltre le ore 23:30, e anche una volta che tutti i commen-

sali se ne siano serviti non può essere riposto in cucina, ma deve rimanere sul tavolo fino alle ore 23:45»), la durata dei festeggiamenti e la loro natura (Art. 21: «La formazione di un'eventuale fila di commensali danzanti, comunemente denominata "trenino", può avvenire solo in seguito alla mezzanotte previa autorizzazione dei responsabili dell'ordine pubblico. Tale trenino deve essere obbligatoriamente capeggiato da personale strutturato con contratto di lavoro a tempo indeterminato nel locale in questione») e alcuni avvertimenti di carattere generale (Art. 26: «La natura delle canzoni riprodotte, trasmesse o eseguite dal vivo nel corso del festeggiamento debbono essere ripartite secondo il seguente criterio: 50% di esse devono essere di autori o gruppi che abbiano partecipato almeno una volta ad almeno una kermesse nazionale in una qualsiasi annata; 25% di esse debbono essere di autori o gruppi appartenenti a minoranze etniche, religiose o culturali, e di tale 25% almeno il 50% deve essere di autori o gruppi dichiaratamente omosessuali; il restante 25% di autori o gruppi riferibili al panorama culturale tradizionale – o "folk" – della Nazione in questione. Almeno il 50% di dette canzoni deve essere in lingua inglese»). Molti avevano subito recepito la normativa come uno scherzo; purtroppo, «molti» non significa «tutti», il che significa che alcuni avevano preso la direttiva seriamente, con conseguenze a dir poco grottesche.

Massimo, girando dietro al bancone, andò a prendere il foglio dalle mani di Aldo.

«Non sono stato io» confermò Massimo, mentre dava un'occhiata al contenuto della busta. «Fra l'altro, la busta è visibilmente autentica, e il tipo di carta è quello che la Oegea usa per questo tipo di comunicazioni. Poi, guarda qui» disse Massimo, estraendo dalla busta un piccolo calendarietto. «Hanno messo anche il calendario con i giorni colorati per farti vedere quando mettere fuori la roba. Se credi che sia uno scherzo, chiunque sia il buontempone, di mestiere fa il tipografo».

«Chiunque sia» disse Pilade «io so che mestiere fa la su' mamma. Perché questo 'un è uno scherzo. Questo è come vanno le cose in questo posto vì».

Il senato annuì, tentennando gravemente il capo.

Nei giorni immediatamente vicini al primo di dicembre, la gente di Pineta si sbizzarrì nei modi più impensabili per sfogare la propria rabbia sulla Oegea e sui peraltro incolpevoli lavoratori della società; alcuni avevano lamentato malfunzionamenti, magagne o altro ancora; ad una intera via (via delle Ortensie, vicino al centro) una notte avevano rubato tutti i bidoncini dell'organico. Lo spregio più spettacolare, fino al primo dicembre, era stato quello di alcuni fantasiosi giovinastri che nottetempo avevano cementato al marciapiede una campana destinata alla raccolta vetro/plastica, causando la mattina dopo il ribaltamento del furgoncino elettrico della nettezza urbana preposto allo svuotamento, il ferimento lieve del conducente Nottolini Loris e il ferimento più grave dell'addetto alla catena Barracani Fulvio (che, essendosi messo a ridere quando l'Apino elettrico si era ribaltato, era stato preso violentemente a cazzotti dal Nottolini medesimo, ferito sì ma ancora in forma, una volta disincagliatosi dalla cabina guida).

In questo periodo, il Del Tacca aveva tenuto comizio più o meno ogni mattina, ribadendo la propria totale mancanza di fiducia nella società Oegea e snocciolando ogni mattina tutti i motivi per cui tutto il personale della società, a partire dal consiglio di amministrazione fino all'ultimo dei netturbini, andasse appeso per gli alluci e dondolato forte.

La mattina di lunedì cinque dicembre, invece, gli abitanti del quartiere Trieste si svegliarono letteralmente sommersi dai rifiuti. Durante la notte, infatti, qualcuno aveva sistematicamente aperto tutti i bidoncini dell'organico, ne aveva estratto i relativi sacchettini in plastica biodegradabile, li aveva strappati e ne aveva sparso il contenuto per tutta la via; il vento, che da queste parti non manca mai e che molti anni prima aveva ispirato il nome del quartiere, aveva fatto il resto.

Il giorno successivo, martedì sei dicembre, il fattaccio era divenuto di pubblico dominio, e fatto oggetto di commento in lungo e soprattutto in largo: l'oratore più attivo era stato difatti il Del Tacca, il quale si era sperticato in lodi, poco usuali per il criticone che era sempre stato, nei confronti dell'ignoto rovesciatore di immondizia.

E il nostro sferoidale pensionato si era appena rimesso a sedere, dopo aver detto per l'ennesima volta «Io 'un so chi sia, ma chiunque sia è un ganzo», quando la porta del bar si aprì e fece la sua comparsa il dottor commissario Vinicio Fusco, in impermeabile e naso rosso e gocciolante.

«Alla grazia della legge!» disse Ampelio, quella mattina di umore più allegro del solito. «Prende qualcosa, signor commissario?».

«Sì. Un raffreddoraccio, mi sa» disse il Fusco, parlando dentro i baffi, mentre si avvicinava al bancone. «Sono stato fuori al vento tutta la mattina, in Trieste. C'è sempre un vento bestiale, lì. Freddo che ti entra nelle ossa».

«Posso farle qualcosa per scaldarla un po'» propose Massimo. «Ha mai assaggiato la torpedine?».

Per chi non fosse mai entrato in un bar di Livorno e dintorni, ecco a voi la torpedine: ovvero un ponce a vela rinforzato con una spolveratina di peperoncino piccante. L'ideale per non sentire il freddo, secondo alcuni. L'ideale per non sentire più niente, secondo altri. Mettiamola così: non è una bevanda con cui si possa pasteggiare.

«Sarei in servizio» disse Fusco, poco convinto. «Non è il caso che beva in servizio».

«Che discorzi» disse Ampelio. «Ora 'un è mia in servizio. Ora è ar barre».

Fusco, dopo essersi voltato un attimo verso Ampelio, si sedette ad uno sgabello con un piccolo saltino, si sbottonò l'impermeabile e fece a Massimo un cenno affermativo. Torpedine.

«O come mai in Trieste?» chiese il Rimediotti. «Per via del sudicio?».

Fusco, mentre guardava Massimo che gli stava preparando la torpedine, annuì piano piano.
«Sì. In un certo senso, sì».
«Ma perché, ora indagate anche sulla loia?».
Fusco, sempre guardando Massimo, negò con la testa.
«Due vicini. Due tizi che si odiano con tutte le loro forze da un decennio. Ci chiamano una volta al mese, le pari uno e le dispari l'altro. Uno dei due ci ha telefonato dicendo che aveva visto quella notte il suo vicino che vuotava i bidoncini della spazzatura. Abbiamo suonato alla persona in questione...» Fusco fece una pausa per provare un piccolo sorso magmaceo «... e questo ci ha aperto in vestaglia, ciabatte e borsa dell'acqua calda. A sentir lui, era in casa dalla notte prima con trentanove di febbre. A sentire quell'altro, la febbre era la prova definitiva che era stato in giro tutta la notte a rovesciare sacchini».
Fusco si fermò per buttare giù un altro po' di lava.
«Hanno cominciato a litigare di nuovo con noi lì presenti. A un certo punto hanno anche iniziato a insultare l'agente Michelassi, che a parere del secondo di questi due figuri sarebbe parente di quell'altro e quindi per questo motivo noi della polizia copriremmo tutte le sue malefatte. A quel punto mi sono incazzato e ho minacciato di portarli tutti in questura, però ormai tutto il freddo me l'ero già preso».
«Quindi la spazzatura non c'entra, via».
Fusco scosse la testa.
«Ma lei personalmente cosa ne pensa di questa cosa?».

Fusco prese un lungo sorso di torpedine, tossicchiò e si pulì i baffi con un tovagliolino, quindi annuì, come chi si ricorda di qualcosa di molto importante. Scese dallo sgabello, e mentre cominciava a riabbottonarsi cominciò a parlare:

«Mah, non è una cosa che mi riguarda. Al momento, nessuno ha sporto denuncia, quindi la cosa non mi riguarda. Se qualcuno dovesse sporgere denuncia, la cosa cambierebbe. Però, a mio avviso, non c'è da preoccuparsi» disse, e aggiunse con enfasi: «Si tratta sicuramente di una ragazzata».

«Una ragazzata?».

Fusco, piano piano, puntò lo sguardo sul Del Tacca e, guardandolo malissimo, sentenziò scandendo bene le parole:

«Una ragazzata. L'altra settimana hanno inchiavardato una campana, e oggi hanno rovesciato dei sacchettini. Domani sarà passato tutto, voglio sperare».

E, tranquillo come se n'era entrato, uscì.

«Secondo me ce l'aveva con te» disse Aldo, mentre mescolava le carte.

«Anche per me» confermò Pilade.

«O quella?» disse Ampelio. «Perché ce la dovrebbe ave' con Pilade?».

«Mah, perché sono due settimane che Pilade maledice la raccolta differenziata e chi ci lavora» disse Aldo. «E questo è il punto uno. Punto due, dimmi te che motivo aveva stamani il Fusco di passare da qui. Bere, all'inizio, non voleva. Di strada, non è di strada.

Se stamani era in Trieste ed è passato da qui per andare in commissariato, vuol dire che voleva passare da qui. Te come te lo spieghi?».

«Mah, io 'un tento mai di spiegammi nulla. Ho visto che vivo bene lo stesso. Sarà come dite voi. Per me, comunque, che lo penzi o che 'un lo penzi, ha ragione in una 'osa».

«E sarebbe?».

«Che questi son de' ragazzotti che si son divertiti una nottata, e via. È una 'osa da 'un danni peso».

Quanto grossolanamente Ampelio si fosse sbagliato in questa valutazione venne fuori di brutto nelle due settimane successive.

Il rovesciamento dei bidoncini del rifiuto organico, come detto, invece di estinguersi si espanse; il vandalo (o i vandali) prese coraggio (o presero coraggio) e dal quartiere singolo si passò alla cittadina.

E la cittadina, come da tradizione italiana, si incazzò di brutto. Fino a che, il giorno di Natale, venne presa una decisione.

«Settantunooo... i piedi diacci...».

In piedi davanti al camino, lo zio Italo appoggiò il numeretto di legno sul tavolo, con cura, accanto al sacchetto di stoffa. Massimo, che sapeva che nella sua cartellina non c'era nessun settantuno, vagò con lo sguardo in giro e controllò pure la cartella di Aldo, anche quella scevra da numeri settantuno di ogni genere.

Non tutto il male vien per nuocere, questo si sa; quell'anno, però, questo proverbio aveva assunto una notazione particolare quando Ampelio aveva detto a Massimo, il ventitré mattina, che nonna Tilde aveva l'influenza.

«E ora, povera donna, è preoccupata per il cenone» aveva detto Ampelio, con l'aria di chi del cenone gli importa una sega, però se non ci penso io la tu' nonna mi fa una testa come un paiolo. «Quest'anno siamo in dodici, più i bimbi sedici. E come si fa?».

«Si fa che venite da me» aveva detto Aldo. «Io il ventiquattro resto sempre chiuso e si fa la cena con Tavolone e tutto il personale, per farci gli auguri. Vi unite e festa fatta».

E così, per la prima volta da vent'anni, niente cenone in casa di nonna Tilde. Il che significava niente crostini col sugo di fegatini millenari, niente pesce finto (temibilissimo laterizio semicommestibile a base di tonno e patate, di nessun gusto e di ancor meno digeribilità) e nessuna delle mille declinazioni di fritto che caratterizzavano il cenone natalizio da sempre. Al loro posto la cucina di Tavolone: polpo grigliato con purè di patate e finocchi, risotto al prosecco con zucchine e fiori di zucchina fritti, grigliata di gamberi imperiali con i fagioli del purgatorio, e per finire il pandoro fatto in casa da Tavolone medesimo, tagliato, scaldato trenta secondi in forno e servito con una coppetta di gelato a parte.

«Quarantottooo... si stava meglio...».

E poi la tombola, certo, subito prima dei regali; chi vinceva la tombola infatti non vinceva nulla, solo il diritto ad essere quello che distribuiva i regali, messi sotto l'albero già dal pomeriggio.

Massimo adorava, per motivi non chiari, quell'assurdo rituale, che non aveva niente di sensato; a partire dal fatto che il delegato ad estrarre i numeri era da tempo immemorabile lo zio Italo, il quale non ci vedeva un'ostia nonostante lenti spesse come un tramezzino, e che un Natale aveva chiamato tre volte il cinquantasei.

E, ancora con l'animo del bambino, Massimo adorava i regali; sia farli che riceverli. Gli piaceva, specialmente, trovare il regalo giusto per la persona impossibile, come la volta che aveva regalato ad Ampelio un piccolo cuscino pieno di noccioli di ciliegia, da mettere nel microonde, che poi rilasciava calore per un'ora o due. Suo nonno lo aveva guardato, aveva bofonchiato un ringraziamento a mezza bocca e lo aveva messo lì, salvo poi andarci a dormire tutte le notti da settembre a maggio, e sbraitare se la Tilde tentava di usarlo lei, qualche volta.

«Hai visto che domani notte mettono le ronde?» disse Aldo, posizionando un piccolo fagiolo sul suo quarantotto.

«No, non ne sapevo niente. Ronde con l'etilometro?».

«Ma no, cosa c'entra l'etilometro. Mettono le ronde per il tizio della spazzatura. Lo Svuotatore folle».

Quanto al riceverli, i regali, il momento più bello era cercare di individuare quali fossero, sotto l'albero, i propri pacchetti, e la sottile soddisfazione che provava quando ci imbroccava era decisamente superiore, di solito, a quella che gli toccava quando apriva il pacchetto, trovandoci spesso una ennesima dimostrazione di cattivo gusto; con l'eccezione di Serena, la figlia di zio Italo, che pur vedendolo una volta ogni due o tre mesi riusciva sempre a regalargli qualcosa di cui effettivamente Massimo aveva bisogno. Una volta, per esempio, poco dopo il divorzio, gli aveva regalato un buono per un weekend in una beauty farm, con tanto di libro di accompagnamento. Il libro era *Il birraio di Preston*, e il weekend era stato una bolla di puro benessere.

«Folle, ma metodico. L'hanno presa di punta, insomma» disse Massimo, mentre guardava Ampelio in piena digestione che tentava di non addormentarsi sulla cartellina.

«Pare di sì» rispose Aldo distrattamente. «Allora, com'è andata la cena?».

«Bene, bene. Veramente bene. Tavolone è un artista. A proposito di cene...».

E qui Massimo avrebbe avuto intenzione di chiedere ad Aldo quanto gli dovevano per l'invasione, tenuto conto che il ristorante era chiuso e che gli erano piombate fra capo e collo sedici persone, la metà almeno delle quali mangiavano come profughi. Evidentemente, la domanda era insita nel tono, visto che Aldo troncò:

«Non mi dovete niente».

«Ascolta, Aldo, non metterti a fare il sultano. Eravamo in sedici...».

«Meglio. Più gente c'è, più vita c'è, e più sono contento».

E Aldo fece un ampio gesto con la mano, una specie di panoramica sulla famiglia di Massimo e di Ampelio, con la colonna sonora dello zio Italo che, dopo aver portato gli occhiali a due centimetri circa dal cerchietto di legno, declamava:

«Ottantaseiii... ha càato Ida...».

«Questo posto è casa mia, e lo sai» disse Aldo. «E io a casa mia invito chi mi pare. E poi, abbi pazienza, la famiglia tua e di Ampelio è di quelle potabili. Non hai parenti particolarmente molesti, e ce ne sono altri che sono veramente spassosi».

Come se lo avesse sentito, lo zio Italo pescò un ulteriore numeretto dal sacchettino, dopodiché indicò Massimo con un ampio cenno della mano e, come tutti gli anni, proclamò:

«Ventottooo... ir becco...».

Come tutti gli anni. Poi uno legge «strage di parenti a Natale» e pensa ad un attacco di follia.

Il ventisette dicembre è un giorno strano.

Il ventisei, di solito, tutti sono stati chiusi stoppinati in casa, a tentare di smaltire gli effetti dell'abuso di capponi e parenti indigesti; e, allo stesso modo, i negozi sono chiusi, e si prendono quell'ulteriore giorno di libertà dopo due o tre settimane da tregenda. Ma il ventisette non sono pochi i superstiti delle feste che rimettono il capino fuori e si godono una bella passeggiata da soli, un po' perché dopo tutto quello stare in casa forzato tra prozii laterali e cugini scemi hai bisogno di un po' d'aria, un po' perché c'è ancora l'atmosfera natalizia ma non c'è più il nodo scorsoio dei regali da fare; tuttalpiù ci sono quelli da cambiare, ma per queste cose c'è tempo.

Anche il ventisette, quindi, al BarLume c'era stato parecchio traffico; un traffico più tranquillo e rilassato, senza patemi e parossismi prefestivi, come di chi ritorna al lavoro dopo un weekend coi postumi della sbornia. E infatti i frequentatori abituali, chi più chi meno, erano passati tutti; compreso qualcuno dei paganò che, con frequenza variabile, si facevano vedere nel bar almeno tutte le settimane. Ora, per esempio, al bancone c'era Orfei.

Con i non molti barboni di Pineta, Massimo aveva un tacito accordo, che era più o meno lo stesso per tutti gli altri baristi e ristoratori della città. Se non siete ubriachi, potete entrare una volta al giorno, quando volete, e chiedere cosa volete: un panino, una birra, un bicchiere di rosso, e non pagate. Se siete ubriachi, state fuori di qui, altrimenti da quel giorno in poi nisba.

Lentamente, nel corso degli anni, Massimo si era creata la sua involontaria collezione di derelitti, e ad alcuni si era sinceramente affezionato. Ad altri, no: era impossibile affezionarsi a Poverotti, un omino sdentato con gli occhi persi che doveva il suo soprannome, oltre che alla scarsa solvibilità, all'abitudine di cantare a squarciagola le canzoni di Pupo. Ma, ad alcuni, sì: come alla Santadonna, per esempio, una donnona sui cinquant'anni che girava con un saio da francescano e due anfibi che avevano visto tempi migliori in cerca di buone azioni da fare. Qualsiasi cosa: attraversare la strada, portare borse o carichi pesanti, cose così. L'altro che a Massimo stava simpatico era quello che al momento stava appoggiato al bancone; Orfei, per l'appunto, ex artista circense. Un uomo dritto, con un vero e proprio barbone cespuglioso, sempre accompagnato da un vago ma penetrante odore di bestia che, Massimo ne era convinto, anche se il poveraccio si fosse lavato a sangue non sarebbe mai andato via. Orfei, apparentemente, aveva un vocabolario estremamente limitato, comprendente le parole «bianco», «rosso» e «cazzi miei», usate con versatilità in funzione delle domande che gli venivano rivolte più di frequente.

Ma con gli animali la cosa cambiava radicalmente.

Se per esempio un cane incontrava Orfei, era quasi sempre amore a prima vista; il cane iniziava a scodinzolare felice, forse confuso dalla barba e dall'aroma circense, mentre il barbone si chinava sulle ginocchia e iniziava a parlarci e a coccolarlo, completamente indifferente al padrone e al suo atteggiamento – educata compostezza o aperto sgomento che fosse.

Anche quella mattina, poco prima, era entrata nel bar una bella signora impellicciata sulla quarantina, con al guinzaglio un magnifico golden retriever che si intonava perfettamente alla padrona, facendo un vero e proprio ingresso regale. Il nobile e costosissimo animale, purtroppo, aveva rovinato completamente l'aristocratico ingresso precipitandosi, dopo aver avvistato Orfei sorridente e a braccia aperte, ad avvitargli il muso nelle palle e grufolando felice e soddisfatto, mentre il barbone gli accarezzava il collo e la padrona, impietrita, guardava la scena con la stessa espressione con cui un mullah guarderebbe un maiale che bestemmia.

Al momento, invece, il barbone era seduto sullo sgabello, contemplando malinconicamente il proprio bicchiere quasi vuoto, mentre alle sue spalle il Rimediotti leggeva ai suoi compagni di dentiera l'ultimo, trionfale, resoconto delle imprese del vandalo.

Che era stato, a dare retta al giornale, veramente eccezionale.

«"Lo Svuotatore colpisce ancora. Servizio di Armando Anfossi. A nulla sono valse le tattiche, a nulla è valso lo spiegamento di forze che la notte del venticinque, in occasione della raccolta straordinaria per le feste natalizie, è stato messo in campo dal Comune per far fronte alle imprese vandaliche del misterioso 'Svuotatore', il quale oltre ad essere pertinace nell'azione ha dimostrato, nella fattispecie, delle vere e proprie doti di stratega. Mentre le tre ronde di vigili urbani perlustravano il quartiere di Trieste e di Santa Bona, il vandalo devastava i cassonetti di Budelli; una volta che le ronde sono state chiamate a Budelli, il vandalo o i vandali si sono spostati con velocità incredibile nei quartieri lasciati incustoditi, facendo strame dei bidoncini e del loro contenuto per un'area incredibilmente vasta. Per questo motivo, adesso la cittadinanza chiede..."».

E a quel che chiedeva la cittadinanza, si fermò.

Accanto al Rimediotti, con calma olimpica e nasone rosso e gocciolante, si era appena seduto il dottor commissario Vinicio Fusco.

«Continui, continui» disse Fusco con voce nasale, da

raffreddore pieno. «Non volevo interrompervi. Anzi, ora sta per venire il bello».

«In che senso?» chiese Aldo.

«Nel senso che quello che la cittadinanza chiede, attraverso il sindaco che mi ha tenuto attaccato al telefono giusto stamani per un'ora, è che intervengano le forze dell'ordine. E io, come mio dovere, ho dato piena disponibilità ad indagare sulla faccenda».

«E incomincia dar barre?» chiese Ampelio. «Va bene che deve parla' co' dipendenti der Comune, ma guardi che oggi è festa. Ar barre ce li trova quando devano lavora'».

Ci fu qualche secondo di pesante silenzio.

«L'altra volta» disse Fusco «ero convinto di essere stato chiaro. Con tutta evidenza, mi sbagliavo. Adesso, per non lasciare niente al caso, sarò esplicito. Se qualcuno di voi (sguardo verso Aldo) sa qualcosa riguardo all'identità dello Svuotatore, è suo dovere dirmelo. Se qualcuno di voi (sguardo verso Pilade) è lo Svuotatore, è meglio che me lo dica adesso. Perché quando lo becco, e state sicuri che lo becco, avrà un problema molto più grosso della raccolta differenziata».

Fusco lasciò passare qualche secondo, affinché tutte le conseguenze del suo discorso potessero decantare nel cervello degli ascoltatori, quindi chiese con voce neutra:

«Qualcuno di voi ha qualcosa da dirmi?».

Nel silenzio generale, fu Pilade a parlare:

«Dio bono. Io una cosa da dinni ce l'ho».

«Mi dica, allora».

«Quando uno cià il raffreddore, e sta male, è meglio se sta a casa. Sennò, se va a giro a bocca aperta, rischia di peggiora' la situazione e basta».

Massimo, che era chinato sotto il bancone, rimase chinato. Bastò il rumore della porta, qualche secondo dopo, a fargli capire che Fusco doveva essere uscito.

Quando si rialzò, il Rimediotti aveva risteso il giornale, e chiedeva:

«Dov'è che s'era rimasti?».

«Ripiglia dallo stratega» disse Pilade. «Quando eri lì è entrato quello scialucco, e da quer punto 'un ti sono stato più a senti'».

A far capire tutto a Massimo fu il sorriso.

Il sorriso di Orfei, all'inizio assolutamente serio, che aveva sorpreso i lineamenti cupi del barbone quando Gino aveva pronunciato la parola «stratega», e che aveva impiegato qualche secondo per sparire, mentre Fusco battibeccava coi vecchiacci.

Il sorriso di chi è orgoglioso che si parli di lui.

Massimo ci mise una decina di secondi, forse, a mettere insieme tutti i pezzetti della questione; secondi alla fine dei quali, come d'abitudine, si rese conto di essere arrossito in modo violento. Continua così, dai: hai quarant'anni e fischia, e quando vieni a capo di un problema ti emozioni. Un bambino con la barba, ecco cosa sei. Ancora non ho capito se è un bene o un male.

Quando tornò davanti al barbone il suo problema, quindi, non era più «chi è che rovescia tutti i bidoncini», ma «come faccio ad affrontare la questione».

Quando si vuole iniziare una discussione con un interlocutore difficile, molti esperti consigliano di cominciare con una domanda alla quale il nostro interlocutore risponda «sì»; la cosa, pare, ha un effetto positivo sulla persona con cui volete parlare. Qualunque domanda, se sortisce una risposta affermativa, vi apre uno spiraglio. Con Orfei, la domanda era effettivamente abbastanza facile.

«Ne vuole un altro?» chiese Massimo indicando il bicchiere di rosso, ormai vuoto.

Il barbone rimase immobile. Non ho soldi, disse con lo sguardo.

«Offro io» disse Massimo. «È Natale. Anzi, è passato Natale. Ancor meglio».

«Allora grazie» disse Orfei, con slancio. E mise il bicchiere davanti a Massimo, tante volte cambiasse idea.

Massimo, mentre versava, guardò il barbone e si convinse che poteva tentare.

«Ho visto che lei è adorato dai cani».

«Eh?».

«Ho visto che i cani la amano. Prima quel retriever le si è strusciato come se lei fosse la sua mamma».

Orfei grugnì con approvazione.

«Eh. I cani lo sanno, che sono bravo. I cani sentono tutto. Non gli si nasconde niente, ai cani».

«Meglio di certe persone, vero?».

«Meglio di tutte le persone». Orfei guardò Massimo per un secondo, e levò in alto il calice. «Di quasi tutte le persone».

Massimo rimase in silenzio. Di fatto, non sapeva come continuare. Per fortuna, il secondo bicchiere sembrava aver sciolto il barbone in modo deciso.

«I cani sono fedeli. I cani non ti chiedono dove sei stato fino a quest'ora. I cani non ti chiedono se hai bevuto, o quanto hai bevuto. Sono figli di puttana esattamente come te. Non si credono di essere meglio di te perché sono dottori. O perché sono donne. O perché hanno i soldi, i cani non ce l'hanno soldi. Sono come te. E lo sanno. E gli vai bene. Sono le bestie migliori».

«A me piacciono molto anche i cavalli» provò Massimo, con finta timidezza. La prendo larga. Vediamo se arrivo a qualcosa.

«I cavalli sono bestie di merda. Non ci puoi ragionare, con un cavallo. O urlare. Capiscono solo morsi, botte e spintoni. Non hanno il corpo calloso, i cavalli, nel cervello. Sono limitati».

«Quindi domarli è difficile».

«Difficile? No, è facile. Gli devi far capire che il più forte sei te. E questo prima o poi glielo fai capire. Ma il cavallo è una preda. È una bestia nata per stare in movimento. E col cavallo devi stare sempre attento, sennò gli metti paura. Ti avvicini da davanti, e cosa capisce il cavallo?». Orfei alzò le mani. «Predatore. Ti avvicini dal lato sbagliato, e si sfava. Gli metti accanto il cavallo sbagliato, e si sfava. Sempre tremila attenzioni, col cavallo. Bestia di merda. Ciò lavorato una vita, quand'ero nel circo. La bestia peggiore».

«Invece col cane...».

«Al cane gli fai fare quello che vuoi. È intelligente. Se gli parli, capisce. Ora, non devi stare lì a fargli della filosofia, attento. Ma se te gli dai degli ordini, li fa. Devi solo farglielo vedere. Vuoi che il cane si metta a terra? Prendi il cane, lo carezzi, poi piano piano lo abbassi con la mano sul collo e intanto gli dici "Terra!". E glielo ripeti, quando il cane è giù. E gli dai un biscottino. Poi, piano piano, volta volta, glielo fai rifare senza biscottino».

Questo sembrò ricordare qualcosa al barbone, che guardò il suo bicchiere già vuoto e subito dopo Massimo. Il quale, con professionalità, glielo riempì per la terza volta. Orfei ne buttò giù un bel sorso, e poi sorrise per la seconda volta nella giornata (o, forse, nel mese).

«Poi, piano piano, volta volta, gli dici solo "Terra!". E lui, pum, si mette giù. E così il resto. Se sei bravo, gli insegni le peggio cose».

«E lei era bravo?».

«Ero il meglio. Ciò fatto degli spettacoli, coi cani, che nemmeno te l'immagini. E mai che abbia dovuto usare un bastone. Mai una volta. Mai dato una legnata a un cane». Orfei scolò il resto del bicchiere con evidente soddisfazione, contento di aver trovato qualcuno che lo ascoltasse e che capisse così bene i bisogni di un povero ramingo. «Neanche te l'immagini, cosa possano fare i cani. Acchiappano le cose al volo. Trovano gli oggetti, li scelgono. Aprono le porte».

«Aprono anche i bidoncini?».

«Eh?».

«Dico, se uno bravo li addestra bene, saprebbero anche aprire i bidoncini della raccolta differenziata?».

Orfei guardò Massimo con sorpresa. Massimo ricambiò sorridendo. Poi, gli tese la mano.

«Lei è un genio» disse Massimo. «Glielo dico sinceramente».

«Orfei?».

«Orfei».

«Ma sei siùro?».

«Me lo ha confermato lui».

Massimo, seduto nel suo personalissimo senato involontario, si allungò sulla seggiola ed accese una sigaretta (sì, siamo in un locale pubblico e non si potrebbe fumare. Vi rispondo come vi avrebbe risposto Massimo nel giorno in questione, se foste andati a lamentarvi: voi, per un mondo migliore, eliminereste il fumo o i rompicoglioni?). Orfei se ne era andato da un quarto d'ora, dopo aver confabulato un po' con Massimo, a voce bassa, l'espressione a metà fra l'orgoglioso e il diffidente. E quando il barbone era andato via, Massimo aveva smesso l'abito da barrista e aveva iniziato la spiegazione.

«Quando il Comune ha messo in funzione la differenziata, lì per lì Orfei era contento. Non doveva più ravanare fra i cocci di bottiglia e i pannolini usati per trovare qualcosa da mangiare. Poi, però, è venuto fuori che la società di raccolta avrebbe preso in consegna l'organico solo una volta alla settimana. E allora si è incazzato a morte. Comprensibilmente, devo dire. Ma come, io mangio tutti i giorni e voi volete far mettere fuori i bidoni una volta alla settimana? E gli altri sei cosa faccio, vado al ristorante? Allora ha deciso di vendicarsi. La prima settimana ha fregato qualche bidoncino in qua e in là, per non insospettire nessuno. E nel corso di questa settimana, ha addestrato i cani ad aprire i bidoncini».

«E come fa un cane a aprire un bidone?».

«Non è difficile, me lo ha spiegato; il cane per prima cosa butta in terra il bidone. Poi, tenendolo fermo con una zampa, insinua il naso sotto il manico del bidoncino e lo tira in su finché il tappo del bidone non scatta. Il cane mette il muso dentro, tira fuori il sacchetto e a quel punto è festa. Cosa fa un cane con un sacchetto che contiene del cibo bello odoroso? Come minimo lo morde, no? Poi, quando ha morsicchiato il sacchetto e sparso bene bene tutto il contenuto, passa al bidone successivo. Non ha fretta, tanto ha tutta la notte».

«E quanti cani ha addestrato?».

«All'inizio solo il suo. Poi però lo ha raccontato ad altri barboni. Altri barboni che, essendo anche loro lievemente incazzati col Comune per la bella pensata della raccolta settimanale, gli hanno affidato i loro cani affinché» Massimo ridacchiò «facesse loro vedere la retta via. Adesso ne ha a disposizione quattro».

«E te?».

«Io cosa?».

«Te cosa avresti intenzione di fare, adesso?».

«Quel che ho sempre fatto, da qualche anno a questa parte».

Aldo guardò Massimo molto severamente.

«Cioè, andare da Fusco?».
«Cioè, il barrista».
Il senato approvò per alzata di bicchiere.

La raccolta del rifiuto organico con cadenza settimanale naufragò all'inizio dell'anno nuovo, quando un gruppo di qualche centinaio di manifestanti ispirantisi allo Svuotatore folle si presentò davanti al Comune e rovesciò contemporaneamente in terra il proprio bidoncino, formando la scritta «Sindaco, senti che tanfo». Presa coscienza del problema, il Comune intimò alla società Oegea di provvedere, cosa che la società in un primo momento si rifiutò di fare, sostenendo di non avere sufficiente personale.

Il successivo suggerimento del Comune, ovvero quello di destinare alla raccolta sul campo quei brillanti manager che avevano deciso di risparmiare sulle spese con una raccolta settimanale del biodegradabile, venne preso correttamente dalla Oegea come una minaccia di conseguenze ben peggiori. Dopo una settimana, grazie agli stipendi liberati dalle dimissioni di un amministratore delegato e quattro senior task manager, vennero riassunti sedici operai, e dopo due settimane la raccolta riprese con cadenza trisettimanale, tutti i lunedì, mercoledì e sabato.

E con cadenza trisettimanale, ogni lunedì, mercoledì e sabato, a una certa ora Orfei entra orgoglioso nel bar di Massimo. I vecchietti si alzano, Massimo stappa una bottiglia di non importa cosa, e tutti insieme si brinda alla faccia di chi ci vuol male. Che sia Natale o meno, certe vittorie bisogna celebrarle.

Il Capodanno del Cinghiale

«Tuuuutti mi dicon Maaa-remma, Mareeeeeeem-maaaa...».

A passo serrato, deciso, i piedi del brigadiere Bernazzani percorrevano il corridoio, verso la sala d'attesa.

«... ma a me mi seeembra unaaaa, Maremmaamaaaa-aaaa-raaaa».

Intorno a Bernazzani, sovreccitato, il cane antidroga e pro carboidrati Brixton saltellava, fedele esecutore degli ordini di lealtà canina per cui il padrone, colui che ti fornisce la quotidiana dose di cibo, carezze e legnetti da riportare, non si abbandona mai.

«L'uccello che ci vaaaa, per-de la peeeeeennaaaa...».

Una volta accanto alla porta della sala d'attesa, Bernazzani respirò profondamente, quindi entrò nella stanza d'improvviso.

Di fronte al brigadiere si parò uno spettacolo piuttosto insolito, per il luogo in cui si trovava. Una trentina di persone in saio marrone, con un cordone bianco intorno alla vita e coi sandali indossati direttamente sui piedi nudi, cantavano in coro.

In apparenza, frati. E in apparenza, ubriachi come minatori.

Solo che c'erano due particolari che non quadravano molto.

«... io c'ho peeerduto unaaa...».

In primo luogo, nessuno dei frati aveva la barba.

«... persona caaaa-aaaa...».

In secondo luogo, il canto stonava un po'. Non perché i cantori fossero stonati, ma perché l'inno che i personaggi stavano intonando, ovvero la canzone popolare nota come «Maremma amara», non era esattamente rispondente ai canoni del canto gregoriano.

«... raaa...».

«Allora!».

Incurante del fastoso abbaiare di Brixton, che voleva evidentemente unirsi al canto, il brigadiere troncò la canzone facendo rimbombare la porta con una manata.

In modo sgranato, i frati si zittirono.

«Siamo in una stazione di polizia!».

Senza guardare negli occhi il brigadiere, i frati tentarono di darsi un contegno.

«Ma vi sembra il modo di comportarvi? E che cazzo!».
Ottenuto silenzio, il brigadiere si guardò intorno per un attimo.
«Chi di voi è Viviani?».
Uno dei frati indicò verso una stanza.
«Sta facendo la sua telefonata».

La stanza in questione era in effetti il centralino della stazione di polizia, da cui le persone arrestate effettuavano la telefonata che spettava loro per avvertire i parenti del fatto di avere qualche problemino di libertà personale. Bernazzani la raggiunse e si fermò davanti alla porta della stanza, da cui si sentiva una voce un po' impastata, ma dal tono non privo di autorità.
«Sì. Mi hanno arrestato. Esatto».
Breve silenzio.
«No. No, niente del genere. Sì, chiaro che ci hanno arrestato tutti. No, è successo che è morta una tipa, e noi...».
Breve silenzio.
«Sì, è morta vuol dire che è stata assassinata. E siccome noi...».
Silenzio di durata moderata.
«Sì, va bene, porto merda. Ormai è un fatto assodato. Allora, visto che porto così scalogna e dove vado vado ammazzano qualcuno, perché non si fa che te e tutti quegli altri ossimarci non vi trovate un altro bar? Perché sennò a furia di starmi vicino prima o poi qualcuno che vi garrota si trova. E non ci sarebbe nemmeno da cercare troppo lontano».

Silenzio carico di risentimento.

«No, il problema è che ammazzano sempre la persona sbagliata. Sì, va bene. Ciao».

Silenzio prolungato.

Dopo aver atteso un attimo, Bernazzani aprì la porta.

Un tizio dai capelli neri, con un grosso naso aquilino, che sarebbe stato più plausibile come imam che come frate se non fosse per il fatto che sembrava ancora più ubriaco degli altri, stava guardando il telefono come se l'oggetto fosse responsabile di tutti i mali del mondo.

«Massimo Viviani?».

Il frate si voltò.

«A volte desidererei di no».

Bernazzani lo guardò un attimo.

«Avanti, venga con me. La vuol vedere il commissario. E, guardi, non è proprio nella posizione di fare lo spiritoso».

«Allora. Lei è Viviani Massimo, nato a Pisa il cinque febbraio millenovecentosessantotto?».

Il commissario Valente alzò gli occhi dal monitor, e li puntò sul tizio vestito da frate seduto di fronte a lui. Lo pseudo religioso, respirando pesantemente, annuì.

«Di professione barista?».

Il frate annuì nuovamente.

«Barrista, per essere precisi».

«Lei conosceva la donna che è morta?».

Stavolta, sempre sospirando pesantemente, il frate negò.

«Ma era presente quando la donna è caduta dal matroneo?».

Il frate rimase un attimo immobile, smettendo di respirare.

«Si chiamava Marianna Osservatore. Nata a Gualdo Tadino il 25 gennaio 1973».

Il brigadiere Bernazzani, con una carta d'identità aperta in mano, guardò il commissario.

«Meno male che sappiamo la data di nascita. Dalle rughe sul viso, l'età non la indovinavamo di certo».

Davanti al commissario, in effetti, c'era il corpo di una donna sdraiata sull'altare, a faccia in giù, che abbracciava il freddo arredo marmoreo con quella calma convinzione che solo un cadavere può avere.

Il viso della donna non si vedeva, ed era un bene, visto che con ogni evidenza era atterrata di faccia sul sacro tavolo. Da qui la cinica battuta di Valente.

«Su questi altri tizi, invece, che sappiamo?» chiese il commissario.

Il brigadiere si voltò un attimo.

In mezzo al battistero, dietro al fonte battesimale, c'erano una trentina di frati francescani.

O, meglio, di tizi vestiti da frati francescani. I dubbi iniziali erano stati dissipati presto, in seguito alla richiesta di documenti, dai quali inequivocabilmente emergeva che i tizi in questione, da un punto di vista professionale, erano piuttosto ben assortiti – giornalista, ricercatore, tipografo, studente, impiegato, enotecnico – ma nessuno aveva, alla voce «professione», riportata la dicitura «religioso».

«Poco altro» rispose Bernazzani. «Quello che ha telefonato è quello laggiù».
«Quale? Quello col saio?».
«Sì, mi scusi. Quello alto coi riccioli, che sembra un libanese. Si chiama Massimo Viviani».

Mentre Valente rivedeva la scena il frate, sporgendosi lievemente in avanti, disse:
«No, scusi. La signora non è esattamente caduta. È stata spinta. O, meglio, qualcuno l'ha presa per le caviglie mentre era affacciata alla balconata e l'ha tirata di sotto. Questo...».
«Questo lo appureremo in seguito. Adesso ne parliamo. Prima di arrivarci, avrei un'altra domanda».
«Dica».
«Vorrebbe avere la bontà di spiegarmi per quale motivo, al momento in cui una donna a lei sconosciuta precipitava dal matroneo del battistero di San Giovanni, lei si trovava vestito da frate, insieme ad altri...» il commissario abbassò gli occhi «... ventinove tizi vestiti da frate, all'interno del battistero stesso, in un orario in cui questo cavolo di battistero dovrebbe essere chiuso al pubblico?».
Il frate prese un respiro più profondo.
«Eh, sì. È per il Capodanno del Cinghiale».
Il commissario giunse le mani.
«Signor Viviani?».
«Dica».
«Si offende se le dico, visto che oggi è il 25 marzo e che non vedo cinghiali, che non la seguo?».

Il frate respirò nuovamente, guardandosi gli alluci.

«Eh, no. Capisco. È una storia un po' lunghetta. Se ha tempo...».

«Se ho tempo? Lasci che le chiarisca la situazione, signor Viviani».

Il commissario si alzò dalla sedia e andò a sedersi sulla scrivania, di fronte a Massimo.

«Sto indagando sulla morte di una persona, che è deceduta a seguito di una caduta dalla balconata di un battistero. Io mi rendo conto che lei, da privato cittadino, non possa avere molta dimestichezza con questo tipo di faccende e... Non c'è niente da ridere, signor Viviani».

«No. No, scusi, ha ragione».

«Le dicevo, io sto indagando su di una morte violenta. E ho trenta testimoni da interrogare».

Il commissario tacque un secondo, prima di aggiungere:

«Tutti e trenta ubriachi. Ubriachi come cosacchi».

Il commissario tacque ancora un momento. Poi concluse:

«E finora non ce n'è uno che mi abbia fornito la stessa versione dei fatti. Lei mi capisce, se le dico che sono vicino alla disperazione?».

«Senza alcun dubbio. Però, scusi, è lei che mi ha chiesto...».

«Ha ragione, ha ragione. Mi scusi. Mi racconti pure tutto».

«Allora, è partito tutto a Capodanno. Eravamo tra amici...».

«Mi scusi. Capodanno vero, intende?».

«Capodanno, sì. Il 31 dicembre scorso, per essere precisi».

La sera del 31 dicembre 2011, per gli affiliati alla Loggia del Cinghiale, era stata una serata piuttosto movimentata.

Come sempre, la serata era stata divisa in due parti; nella prima parte («Capodanno con i tuoi») gli affiliati, le mogli, le fidanzate e i figli avevano passato la serata tutti insieme, fra lenticchie, barzellette, tovaglioli rossi e prosecco, in attesa dello scoccare della mezzanotte. Un Capodanno come tutti gli altri, iniziato col discorso del Presidente della Repubblica (imperdibile, da Pertini in poi) e proseguito in modo canonico, per volere degli stessi affiliati, con una granitica sequenza di portate d'altri tempi: insalata russa, tortellini alla panna, zampone con le lenticchie, pandoro, per finire con dodici chicchi d'uva da mangiarsi rigorosamente al ritmo dei rintocchi scanditi dalla tradizionale festa di piazza di Rai Uno, condotta da un Carlo Conti anch'egli tradizionalmente color mogano pure a fine dicembre.

Le tradizioni del Capodanno erano state rispettate in modo pedissequo perché, come tutti sapevano, questo non era un San Silvestro come tutti gli altri, e la cosa andava, in qualche modo, sottolineata. Secondo precisissimi calcoli Maya, infatti, il mondo sarebbe finito il 21 dicembre 2012, e quindi quello in corso era l'ultimo Capodanno della specie umana.

La Loggia del Cinghiale aveva quindi trascorso un sereno e festoso cenone con la famiglia secondo i dettami della tradizione, ottemperando così ai propri doveri di padri di famiglia e fidanzati amorevoli nella prima parte della serata.

Nella seconda («Capodanno con chi vuoi»), raggiunta una alcolemia da addio al celibato fra irlandesi, gli affiliati avevano salutato le famiglie ed erano partiti in processione per le strade di Follonica, ognuno vestito da frate cappuccino, per ricordare ai cittadini che quello in corso era pertanto l'ultimo Capodanno della loro esistenza, e che quindi se lo godessero appieno. Tale missione era stata compiuta con scrupolo, sia globalmente (per mezzo di megafoni industriali montati su di un carretto con amplificazione), sia singolarmente (suonando personalmente i campanelli dei cittadini, al fine di informarli della impossibilità di organizzare il Capodanno venturo).

Nel corso dell'evento, come sempre accadeva, la reazione dei cittadini era stata sfaccettata. C'era chi si metteva a ridere, chi reagiva con insulti o gavettoni di materiale liquido non meglio identificabile, e anche qualche illuminato che scendeva le scale e si univa con entusiasmo alla compagnia, venendo accettato all'istante come membro della Loggia a tutti gli effetti da quel momento in poi.

La processione missionaria aveva attraversato coscienziosamente tutta la città, dalle due alle cinque di mattina, alternando l'apocalittico annuncio con l'intonazione festosa di «Maremma amara» e di altri gioiosi canti, mentre il Tenerini sferzava gli adepti con una frusta fatta di salsicce, al fine di mortificare la carne.

La manifestazione, purtroppo, era stata interrotta alle cinque e sei minuti dall'intervento delle forze dell'ordine, avvertite da un certo numero di cittadini indifferenti al fatto che gli affiliati stavano svolgendo un pubblico servizio; e, alla richiesta di esporre le proprie generalità, espletata con rozzezza e maleducazione da parte di un agente, il Paletti (detto «il Poeta» per la sua facilità nel verseggiare all'impronta) aveva tenuto fede al proprio soprannome, rispondendo in parisillabo al gendarme:

Di cognome io faccio Paletti,
e pretendo che tu mi rispetti,
altrimenti codèsti gradetti
tu lo sai dove tu te li metti?

Il Paletti era stato quindi tratto in arresto per resistenza e oltraggio a pubblico ufficiale, e immediatamente tradotto in Questura.

Non era stato facile per il Paletti spiegare alla moglie che era stato arrestato per aver risposto per le rime a un agente di polizia; e per trovare il perdono della moglie, a un certo punto si era compromesso di fronte a tutti.

«Giuro che non bevo più fino al prossimo Capodanno».

«Come?» aveva chiesto il Tenerini.

«Ho detto...» aveva incominciato il Paletti per poi

esitare, essendo arrivata la consapevolezza che forse aveva fatto la cazzata.

«Hai detto davanti a tutti che non tocchi più un goccio d'alcol fino al prossimo Capodanno. L'hai detto o no?».

«Sì, l'ho detto, ma...».

«Ò, ragazzi, l'ha detto, eh» aveva a quel punto sottolineato il Chiezzi. «Testimoni noi, Laura, non ti preoccupare. Non gli si fa toccare nemmeno i boeri».

Così era cominciata l'astinenza alcolica forzata del Paletti, il quale non era affatto un forte bevitore, ma un tipo sociale, come la gran parte del genere umano; il genere di persona che arriva al bar la sera alle sette e ordina l'aperitivo. E, dopo un paio di mesi, l'apparizione del Paletti al Bar Impero per l'ora dello spritz e il conseguente ordine «Barrista, un tamarindo!» formulato dal Chiezzi a voce udibile fino al villaggio svizzero, da divertente aveva cominciato a diventare un po' stucchevole. Fu riunito il consiglio della Loggia, il quale decretò che un giuramento era un giuramento e che non si poteva romperlo così, senza motivo; ma, d'altra parte, c'era la ferma volontà di venire in aiuto ad un confratello che aveva commesso una leggerezza, pur senza contravvenire in alcun modo al giuramento fatto.

Fu il Chiezzi, che aveva studiato a Pisa, a tirare fuori la storia del Capodanno Pisano.

«Capodanno Pisano?».

«Eh sì. Insomma, signor commissario, lei ci vive qui. La conosce la storia del calendario pisano, no?».

«In primo luogo, io sono di Livorno. In secondo luogo, mi hanno destinato qui a giugno dell'anno scorso. Per cui, ignoro di cosa stia parlando».

«Ah. Vabbè... Posso spiegarle?».

«Prego».

«Allora» disse Massimo, e prese fiato. «Fino a qualche secolo fa, la repubblica pisana festeggiava il Capodanno alla fine di marzo, invece che il primo di gennaio».

«Ah. Come gli antichi romani» rispose il commissario.

«No. Gli antichi romani lo festeggiavano il primo di marzo, con le calende. Invece a Pisa e a Firenze, dove son devoti alla Madonna, lo festeggiavano il venticinque di marzo, vale a dire per l'Annunciazione. Nove mesi prima che nascesse Gesù. A essere precisi, nove mesi e sette giorni».

«I pisani non sapevano contare nemmeno nel medioevo, via» disse Valente.

«Veramente, se c'è qualcuno che ha insegnato a contare al mondo sono proprio i pisani, nel medioevo. Ha presente un tizio che si chiamava Fibonacci? Ecco, prima usavano tutti i numeri romani».

«Va bene, signor Viviani, glielo concedo. I pisani sanno contare e festeggiano il Capodanno a marzo. E quindi?».

«E quindi, siccome il Paletti aveva giurato di non toccare alcol fino al Capodanno del 2012, al Chiezzi è venuta l'idea di venire a festeggiare il Capodanno a Pisa, in modo da poter tenere fede alla promessa e poter ricominciare a farsi l'aperitivo. In fondo, erano più di tre mesi che non toccava nulla. Poteva bastare» disse Massimo, sia come amico sia come barrista.

«A Pisa, quindi. Perché non a Firenze?» chiese il commissario, non senza una punta di critica per la scelta fatta.

«Eh no» disse Massimo, alzando un dito. «A Firenze festeggiano il Capodanno dell'anno prima. Cioè, mentre qui si festeggia l'arrivo del 2012, nello stesso momento a Firenze festeggiano l'inizio del 2011. Non valeva mica. E quindi abbiamo organizzato un bel cenone di Capodanno qui a Pisa per festeggiare l'evento. O meglio, siccome qui a Pisa l'anno nuovo inizia a mezzogiorno, abbiamo organizzato un pranzo».

«A mezzogiorno?».

«A mezzogiorno. Per essere precisi, nel momento in cui la luce del sole che passa dalla finestra tonda a est tocca l'uovo di marmo sotto la mensola accanto al pulpito, all'interno della cattedrale. Una cosa un po' da Indiana Jones. E infatti, in un primo momento il Bottoni aveva pensato di travestire tutti da esploratori, col cappello e la frusta. Poi, però , siccome c'era sempre in ballo il fatto che il mondo dovrebbe finire il 21 dicembre prossimo, e visto che ormai il saio ce l'avevamo tutti e che a Pisa non ci avevano mai visti, allora s'è pensato di rifare il travestimento dei frati».

«Se lo dice lei... Però, mi scusi, era proprio necessario travestirsi?».

«Be', come le spiegavo stamani, era una cosa della Loggia...».

Bastò una breve ricerca su Internet per confermare quello che il Viviani, insieme agli altri membri della masnada, aveva sostenuto dinanzi agli inquirenti: e cioè, innanzitutto, l'esistenza della associazione. La quale, a guardare lo Statuto regolarmente pubblicato in rete, doveva essere una accolita di buontemponi, a giudicare dall'Articolo 1 (che, piuttosto verbosamente, certificava che «Nello spirito dell'eccesso, nell'ebbrezza dell'alcol, nella voglia di stare insieme, nella certezza di fare casino, nella gioia dell'amicizia e nella ricerca della denuncia viene costituita l'associazione ludico-infamante-ricreativa che assume la denominazione di "Loggia del Cinghiale"») e dall'immediatamente successivo Articolo 2 (il quale, più laconicamente, asseriva «W la topa»).

La Loggia era solita organizzare, con frequenza semestrale, delle serate a tema (le cosiddette «cene del cinghiale») alle quali i membri si presentavano travestiti secondo quanto deciso in maniera democratica alla riunione precedente. I travestimenti – Babbi Natale, Banda Bassotti, esploratori della giungla ecc. – non erano necessariamente coerenti né col periodo dell'anno (la prima cena «Babbi Natale» era stata fatta ad agosto, mentre la cena «cinghiali dei Caraibi», tutti in maglietta e gonnellino di banane, si era tenuta a dicembre), né con altri fattori esterni di cronaca o altro, ma scelti, secondo precisa regola dello statuto, a cazzo di cane.

La cena era regolata in modo ferreo: ogni appartenente alla Loggia si presentava al luogo dell'appuntamento con il suo costume regolamentare, fornitogli in precedenza dalla Loggia, e completato dall'opportuno cartellino da apporre sul costume, con scritto «In caso di smarrimento riportare al Bar Impero».

E proprio al Bar Impero incominciava la serata, che veniva ufficialmente aperta al canto di «Maremma amara» e che prendeva l'abbrivio con il trittico di aperitivi (un americano, un negroni, un mojito e un prosecco, tanto l'aritmetica dopo tre cocktail a stomaco vuoto è la prima facoltà a saltare) e con un iniziale assaggio di innocue molestie ai passanti, con speciale riguardo per le donne munite di puppe.

Una volta raggiunto un sufficiente grado alcolico, la comitiva si spostava verso la cena, facendo in modo da disturbare, in modo simpatico e propositivo, ogni avvenimento pubblico incontrato lungo il tragitto, fosse esso tragico mercatino estivo di cianfrusaglia pseudo etnica o presentazione di libro fotografico sulle bellezze paesaggistiche di Follonica (uno dei libri più corti del mondo); particolarmente apprezzati erano concerti, chitarristi di strada o qualsiasi altro evento prevedesse uno strumento musicale che potesse essere usato, sempre d'accordo con lo strumentista e con il pubblico, per intonare la melodia di «Maremma amara», con coro obbligatorio di trenta-quaranta affiliati ubriachi da strizzare.

Quel che succedeva a cena non è il caso di riportarlo, vista la probabile presenza di lettori minorenni. Quel che succedeva dopo cena, nessuno solitamente è in grado di ricordarselo. Ed è un bene.

«Quindi, insomma, avete deciso di organizzare un Capodanno del Cinghiale a Pisa per poter finalmente permettere al succitato Paletti Andrea di poter ricominciare a bere».

«Esattamente».

«Mi potreste descrivere i vostri spostamenti? Dove siete stati, cosa avete fatto...».

«Dunque. Prima di tutto siamo andati a fare l'aperitivo...».

Il telefono squillò. Senza farlo suonare una seconda volta, il commissario rispose.

«Valente».

«Ciao Rocco, sono Daniele».

«Oh, bravo Daniele. Che mi dici?».

Da bravo medico legale, Daniele Birindelli innanzitutto prese le distanze.

«Allora, quello che ti dico è tutto in via ufficiosa. Per avere l'ufficialità, dovrai aspettare il rapporto. Ho pensato che ti interessasse sapere qualcosa in anteprima».

«E hai pensato proprio bene. Allora?».

«Allora sì».

«Sì cosa? Tua mamma è zoccola?».

«Anche» ridacchiò Daniele «come la tua, del resto. Ma la risposta era alla domanda "qualcuno ha ucciso questa tizia?"».

«Ah. E come fai a dirlo?».

«Qualcuno l'ha presa per le caviglie. Ci sono dei lividi premortem che indicano che una persona si è chinata e l'ha afferrata strettamente a entrambe le gambe, sopra il piede, intorno ai malleoli».

«Ah».

«Tutto ufficioso, per ora, eh. Per quanto...».

«Sì, sì, tranquillo. Aspetto il rapporto. Grazie».

Rimesso a posto il telefono, Valente guardò di nuovo il finto frate.

«Mi diceva dell'aperitivo».

«Sì. Siamo andati a fare l'aperitivo in piazza delle Vettovaglie, in un posto...».

«Mi scusi. Lei non fa il barista?».

«Il barrista, sì».

«E perché non avete fatto l'aperitivo da lei?».

Massimo guardò il commissario come si guardano gli scemi.

«Be', i motivi sono molteplici. In primo luogo, il mio bar non è a Pisa, ma è a Pineta».

«Non è lontanissimo».

«Se uno è sobrio, no».

«Ho capito. E l'altro motivo?».

«Vede, io in quel bar ci lavoro. O meglio, è mio».

«Certo, la capisco. Non si mischia il lavoro col piacere» disse Valente, con amabilità. «Non sarebbe bello farsi vedere ubriaco nel proprio bar, vero? I clienti abituali potrebbero avere qualcosa da ridire».

E non solo su quello.

«Sì, diciamo che è piuttosto probabile. Ma soprattutto, conosco i miei polli».

«In che senso?».

«Vede, io ho conosciuto i ragazzi della Loggia proprio una sera davanti al bar. Questi tipi si sono messi in mezzo alla strada e hanno fatto finta di organizzare un torneo di bocce, con tanto di transenne e tutto. L'unica cosa che non avevano erano le bocce. Hanno fatto un casino che la metà bastava. A un certo punto sono uscito e gli ho portato da bere».

«Per convincerli ad andare via?».

«Ma nemmeno per idea. Già il fatto di avere davanti al bar una maggioranza di persone nate prima della seconda guerra mondiale è rasserenante. Poi, con tutto il casino che hanno fatto mi avranno portato un centinaio di aperitivi in più. Mi sembrava carino ringraziarli. E loro mi hanno dato una wild card».

«Cosa?».

«Una wild card. La possibilità di partecipare ai lavori della Loggia, cioè a una cena sociale, che viene concessa ad un esterno in sintonia con gli ideali della Loggia. Poi, da lì...».

«Mi scusi. Questo accadeva quando?».

«Dieci anni fa».

«Quindi ormai li conosce piuttosto bene, no?».

«Abbastanza da non farli entrare nel mio bar la sera della cena sociale».

«Va bene. Lasciamo stare la sua deontologia professionale. In piazza delle Vettovaglie, mi diceva».

«Sì, esattamente. Siamo stati lì un'oretta e mezzo, circa. Poi siamo andati a pranzo, per prima cosa. In un posto che si chiama Bistrot, in piazza della Pera».

«Quanti eravate?».

«Trenta... eh, questo lo dovrebbe chiedere al tesoriere. Mi sembra trenta esatti, ma non son sicuro».

«E chi sarebbe il tesoriere?».

«Si chiama Emiliano Bernardini. È quel ragazzo col pizzetto...».

Il commissario prese il telefono.
«Bernazzani?».
«Dica».
«Mi puoi mandare qui Bernardini Emiliano?».
«Subito».
Un attimo dopo, il telefono squillò di nuovo.
«Valente».
«Sì, dottore, sono Bernazzani. Pare che Bernardini sia chiuso nel cesso da venti minuti. I suoi amici sostengono di averlo sentito vomitare anche l'anima, e dicono che adesso non è improbabile che si sia addormentato sulla tazza. Che faccio, forzo la porta?».
«Lascia stare, Bernazzani, lascia stare. Già che ci sei, mi cerchi il numero di un ristorante? Si chiama Bistrot. In piazza della Pera. Grazie».

Il proprietario del Bistrot, al secolo Giovanni, confermò che a pranzo il ristorante era stato completamente riservato da un gruppo di debosciati che si erano presentati già ubriachi all'inizio del pasto. Pasto che, nonostante fosse marzo avanzato, era stato richiesto in conformità al Capodanno, con tanto di lenticchie e di melagrana.
«Sono andati via verso le tre e mezzo» disse il trattore, evidentemente ancora provato. «Il più sobrio era gonfio come una damigiana».
«Mi scusi. Si ricorda quanti coperti ha servito?».
«Sì, un attimo». Fruscio di fogli. «Erano trenta».
«Trenta esatti? Cioè, hanno prenotato o...».
«Hanno prenotato per trenta. Sono arrivati qui in

trenta. Hanno mangiato per trenta e bevuto per centottanta».

«Ho capito. Trenta coperti esatti».

«Contati. Cosa hanno fatto?».

«Niente. Li stiamo trattenendo per accertamenti».

«Ecco, bravi. Tratteneteli forte. Io un gruppo di teste di cazzo così non l'avevo mai visto in vita mia».

Dopo il pranzetto, conclusosi con il caffè e con alcuni scambi di contumelie con gli abitanti della piazza, l'austera comitiva si era mossa verso piazza del Duomo in clamoroso ritardo sull'inizio dell'anno nuovo, ma ancora in tempo per farsi notare dalla cittadina tutta. La comitiva, nonostante le generose sferzate con la frusta di salsicciotti per mezzo della quale il Tenerini tentava di alzare il ritmo, aveva tenuto una velocità di gruppo piuttosto ridotta a causa di deviazioni continue dei singoli membri.

Una volta giunti in piazza del Duomo, verso le cinque, i soci cinghiali si erano messi diligentemente in fila di fronte al battistero, ognuno con il proprio biglietto in mano. Il biglietto per la comitiva era stato acquistato dal Bernardini la mattina stessa, in modo da terminare la giornata secondo il piano prestabilito.

Detto piano intendeva sfruttare in tutta la sua potenza la meravigliosa acustica del battistero di San Giovanni.

«È davvero così particolare?».

«Straordinaria, commissario. Ed è tutto dovuto all'architettura. Vede, deve sapere che il battistero ha una struttura interna assolutamente peculiare, e geniale come concezione. Peculiare perché la cupola, in realtà, sono due cupole concentriche; c'è una cupola interna, dodecaedrica, sulla quale è stata chiusa una cupola esterna, che invece è emisferica. Geniale perché il battistero stesso, in realtà, è un indovinello».

«Eh?».

«Un indovinello. Non me lo sto inventando, è roba seria. In pratica la cupola interna, essendo un dodecaedro, ha dodici spicchi, mentre il basamento è diviso in venti archi. Il minimo comune multiplo tra dodici e venti è sessanta, e infatti la parte superiore e quella inferiore sono raccordate da sessanta colonnine, cinque per ogni spicchio».

La mascella del commissario si aprì lievemente.

«E cinque è proprio il numero caratteristico del progetto, perché il monumento...».

La mascella del commissario si richiuse.

Risparmiamo al lettore i dieci minuti seguenti, nei quali Massimo ritenne necessario spiegare nel dettaglio al commissario, così come lo aveva raccontato qualche giorno prima ai membri della Loggia, il mirabile progetto di Diotisalvi, basato sulla costruzione di una stella a cinque punte inscritta in un pentagono regolare tramite il solo uso di riga e compasso, e di come tale costruzione mettesse in relazione la struttura interna con quella esterna tramite il numero noto come «sezione aurea»; numero che ormai a ognuno di noi, grazie a Dan Brown, è noto essere alla base di ogni bell'oggetto realizzato dall'uomo, e che nel battistero di San Giovanni si concretizzava in una straordinaria capacità di armonizzare qualunque suono.

Tutto questo era stato compreso dai soci cinghiali in modo piuttosto approssimativo e farraginoso, e ciò non di meno tale da destare la curiosità del gruppo. In particolare la cosa aveva colpito il Tenerini, il quale aveva proposto che il Capodanno Pisano si chiudesse appropriatamente intonando in coro «Maremma amara» all'interno del monumento.

«E quindi?».

«E quindi siamo entrati e ci siamo finti un gruppo in visita. Abbiamo tenuto tutti un comportamento dignitosissimo, serio e compunto».

«Tutti?».

«Be', quelli più gonfi sono stati scortati con discrezione su, nel matroneo, in modo che venissero notati il meno possibile. Per dare meno nell'occhio, poi, prima di entrare ci eravamo tolti tutti la tonaca».

«Ah».

«Eh sì, eh. Perché un gruppo di frati non è che passi tanto inosservato. Allora, siccome il piano era di entrare e di rimanere nascosti dentro il battistero fino all'ora di chiusura, non è che potevamo entrare vestiti da frate».

«Mi scusi, qual era il piano?».

Massimo si fermò un momento.

«Dunque, in teoria sarebbe un reato...».

«Anche il disturbo della quiete pubblica è un reato, signor Viviani. Anche la falsa testimonianza o la reticenza». Il commissario picchiettò la penna sulla scrivania. «Guardi, signor Viviani, la tranquillizzo subito: stiamo parlando di un omicidio. Che lei sia rimasto in modo premeditato dentro un battistero oltre l'orario di chiusura... per dirla francamente, non me ne frega un cazzo. Quindi?».

«Ecco, siccome eravamo piuttosto sicuri che i guardiani se la sarebbero presa a male se ci fossimo messi a cantare "Maremma amara" in battistero, avevamo deciso che ci saremmo nascosti in modo da rimanere dentro oltre l'orario di chiusura. Ma per fare questo non potevamo entrare vestiti da frate. I guardiani avrebbero visto un gruppo di frati entrare e poi non uscire più. Insomma, un frate lo noti. Quindi ognuno, prima di entrare, si era tolto la tonaca e l'aveva nascosta nello zainetto».

«Benissimo. E poi?».

«E poi ci siamo nascosti aspettando le cinque e mezzo. A quel punto i guardiani hanno chiuso. Noi abbiamo aspettato altri cinque minuti, per essere sicuri, e poi ci siamo mossi».

«E che avete fatto?».

«Eh, abbiamo preso le tonache e ce le siamo messe. Siamo scesi tutti giù, e ci siamo radunati intorno al fonte battesimale».

«Ci avete messo molto».

«Un po' c'è voluto. Cominciava a essere buio».

«E poi?».

«E poi, una volta riuniti, il Paletti ha dato l'ordine e abbiamo cominciato a cantare. E mentre cantavo, ho alzato un attimo gli occhi e...».

Massimo chiuse gli occhi e si asciugò le mani, sfregandole sulle gambe.

«... e ho visto questa tipa appoggiata al davanzale, con un paio di mani che la prendevano per le caviglie. La donna non ha avuto nemmeno il tempo di capire. Il tipo le ha alzato le gambe e l'ha tirata di sotto».

«Il tipo?».

«Come?».

«Ha detto "il tipo". È sicuro che fosse un uomo?».

«Le mani erano da uomo. Anche il vestito».

«Ma lo riconoscerebbe?».

«No, no. Il viso non l'ho visto. Tutta la scena l'ho presente come un film, guardi. Le saprei anche descrivere le mutande della tizia. Ma il viso... Gliel'ho detto, era nel buio».

Le reazioni, in seguito all'accaduto, erano state piuttosto eterogenee. Qualcuno aveva gridato. Qualcun altro si era ammutolito. Altri, più ubriachi della media, avevano continuato a cantare, senza accorgersi di un bel nulla, fino a quando lo stupore dei compagni non aveva prodotto, con una specie di muto darsi di gomito, un progressivo e discontinuo affievolirsi del canto.

L'unico che aveva reagito con decisione era stato proprio Massimo. Che, essendo sprovvisto di cellulare, aveva chiesto al Chiezzi in modo netto, almeno nelle intenzioni:

«Leo, ce l'hai il cellulare?».

Al che, il Chiezzi aveva tirato fuori di tasca il cellulare (non senza difficoltà, visto che era nei pantaloni, sotto la tonaca, e il Chiezzi aveva in corpo circa sei aperitivi, quattro prosecchi e un altro litro di alcolici e superalcolici vari). Dopo due tentativi andati a vuoto, Massimo era riuscito miracolosamente a digitare due volte la cifra 1, seguita da una singola cifra 3.

«Pronto? Sì, buongiorno, sì. Senta, le volevo dire che ho appena assistito a un omicidio».

Nei pochi secondi di silenzio seguenti, il battistero tentò di armonizzare quell'apparente tentativo di rap, riuscendo a restituire solo un'ampia vibrazione incoerente. Una volta scemata l'eco, si sentì di nuovo la voce di Massimo.

«Mi trovo... mi trovo dentro il battistero del Duomo. Di Pisa, sì».

Il battistero, stavolta, messo di fronte ad un fraseggio più netto, riuscì a interagire con la voce di Massimo per prodursi in un interessante contrappunto. Come il poliziotto al centralino, del resto, al quale Massimo rispose.

«Eh, lo so che è chiuso. Sennò non telefonavo al centotredici, andavo dal guardiano. Sì. Sì, sono ubriaco. Questo è un dato di fatto incontrovertibile. Però le assicuro che davanti a me c'è una persona morta. Sì, caduta dal balcone. Sì, matroneo, balcone, faccia lei. La sostanza non cambia. È stata buttata di sotto ed è morta».

E, in seguito a quest'ultima frase, la Loggia del Cinghiale esplose in una babele.

«S'è buttata».

«No, ti dico che l'hanno presa per le caviglie».

«E io ti dico che s'è buttata».

«L'hanno presa per i piedi. L'ho visto coi miei occhi».

«Sì, è vero. Se l'hai visto coi tu' occhi n'hai viste due, che si buttavano».

«Ti dico l'ho visto! Era tutto illuminato, si vedeva bene».

«Illuminato da cosa, brodo? Son le cinque e quarantotto e siamo dentro a una cappella con delle finestre grosse come i bollini dell'Esselunga. Non ti vedi la fava, fra poco, e hai visto uno a dieci metri?».

«Ti dico che era illuminato. Sembrava un quadro del milleottocento».

«Te invece sembri uno del millenovecentosette. Senti là che discorsi da rincoglionito...».

«Ha ragione il Paletti, pochi discorzi, via».

«Ti dìo che l'ho visto bene in faccia».

«Tenero, già sei alto un metro e dodici con la cresta. In più eri dietro al Guidi. Non saresti in grado di vede' se un nano cià la forfora, e mi voi di' che hai visto cosa succedeva lassù. Ora dimmi te...».

La prima cosa che fece la polizia, una volta entrata nel battistero, fu di sedare la rissa. La seconda fu di far uscire dal battistero i tonacati uno per uno, contandone il numero.

La terza, dopo averli disposti in fila sul prato antistante il monumento, fu di far annusare tutti gli affiliati dal cane antidroga Brixton, in modo da verificare se i soci fossero, oltre che palesemente ubriachi, anche in possesso di qualche sostanza psicotropa. Per questo, prima di far sfilare il canide, il commissario Valente aveva avvertito gli affiliati ad alta voce:

«Ragazzi, fra poco facciamo passare il cane antidroga. Se qualcuno fra voi ha dietro qualcosa ditecelo subito, che risparmiamo tempo».

Silenzio generale da parte degli affiliati. Il commissario, conscio che avvertimenti del genere andavano ripetuti due volte anche ai sobri, ricominciò:

«Ragazzi, avete capito? Fra poco passiamo con il cane. Se qualcuno di voi ha qualcosa addosso, il cane lo punta. Quindi, se avete da dirmi qualcosa, ditemelo subito, va bene?».

Nello stupore generale, il Ghini alzò una mano, esitante.

«Scusi».

Il commissario gli fece un cenno con il mento.

«Dimmi».

«No, cioè, volevo dire... quel cane è un maschio, vero?».

Il commissario si voltò un attimo verso il brigadiere Bernazzani, che confermò annuendo. Poi guardò di nuovo il Ghini.

«Sì, è un maschio. E allora?».

«No, siccome io ciò la canina in calore, allora volevo dire, ecco, non è che ora il cane mi punta, poi magari incomincia anche a trombammi la gamba, e voi poi mi spogliate qui davanti a tutti per cerca' qualcosa?».

Valente si voltò di nuovo verso il brigadiere.

«Bernazzani, per favore, portameli tutti in commissariato».

Nonostante le paure del Ghini, l'unico dei trenta a venire annusato da Brixton era stato il Tenerini, che si era poi visto confiscare dal suddetto rappresentante delle forze dell'ordine la frusta di salsicce, la quale era stata immediatamente analizzata per via organolettico-degustativa nella sua interezza, mentre i trenta confratelli venivano portati via. E questo, in un primo momento, era stato l'unico successo degli inquirenti.

In commissariato, un primo interrogatorio lampo non aveva infatti avanzato di molto lo stato delle indagini. Dei trenta affiliati, infatti, tre sostenevano che la donna era stata buttata di sotto da qualcuno, sei sostenevano che si era buttata da sola, diciannove sostenevano di non aver visto il momento della caduta e due erano convinti che la vittima fosse un uomo.

Adesso, dopo la telefonata del medico legale, almeno Valente sapeva che pesci pigliare. Perché di una cosa, ormai, era quasi certo.

Trenta persone si erano presentate al ristorante.

Trenta persone erano uscite dal battistero.

Fra quelle trenta c'era per forza l'assassino.

Ma chi è che approfitta di una cena fra amici per ammazzare una persona? E, soprattutto, come era possibile che nessuno conoscesse la persona che era stata...

«Viviani!».

«Presente» disse l'interpellato, che non si aspettava quello scatto da parte del commissario.

«Mi descriva un'altra volta, per favore, come funziona la Loggia».

«Sì. Cosa, di preciso?».

«Mi rispieghi questa cosa delle wild card».

«Ecco, a ogni cena ogni affiliato può richiedere una wild card, cioè una persona che non fa parte della Loggia, ma che conosce un socio cinghiale, può partecipare alla cena sociale».

«Quindi non vi conoscete tutti fra voi».

«Non necessariamente. Cioè, dopo un po' magari sì, però la prima volta che uno partecipa può essere che...».

«Capisco. Ci sono quindi a volte persone che passano la serata con voi conoscendo in realtà tre o quattro soci, giusto?».

«Sì. Poi quelle altre le conoscono man mano che la serata va avanti. Sempre che restino in piedi, certo».

Il commissario schiacciò il tasto dell'interfono.

«Bernazzani?».

«Presente».

«Per favore, vai da quelli della stradale e fatti prestare un etilometro».

«Commissario, guardi che non è mica un reato. In fondo mica stavano guidando...».

«Bernazzani, per favore, fai come ti ho detto. Lei, intanto, Viviani, mi faccia un favore».

«Allora, lei è il signor...» il commissario Valente scorse lo schermo del computer «... Pierluigi Fioretto, nato a Livorno il trenta ottobre millenovecentosettantuno?».

Di fronte a lui, un altro tizio vestito da frate annuì, confermando in questo modo di essere Pierluigi Fioretto. Dal momento in cui il commissario aveva richiesto la prova dell'etilometro, erano passate circa un paio di ore. Ore che erano state impiegate da Valente prevalentemente al telefono, con un occhio al computer, e da Fioretto in sala d'attesa, rigorosamente da solo.

«Per quale motivo è vestito da frate, signor Fioretto?».

«Be', per lo stesso per cui lo sono anche gli altri».

«Ne sono felice. E qual è, mi saprebbe dire?».

«Eh, festeggiare il Capodanno Pisano in modo un po' inusuale, diciamo così».

«Ah. Ho capito. Diciamo così. Non vorrebbe essere più preciso?».

«È un reato vestirsi da frate?».

«No, certo che no. Quando le cose si fanno in amicizia, figurarsi. Uno perde un po' il senso della misura, vero?».

«Eh, sì».

«Lei sa perché è qui?».

«Be', credo che lei voglia sapere della tizia che è caduta dal matroneo».

Il commissario guardò Fioretto negli occhi.

«È caduta, vero? Si figuri che qualcuno sosteneva che è stata buttata. Qualcuno invece nemmeno l'ha vista. Qualcuno ha visto cadere un puffo, invece di una donna. La maggior parte, probabilmente, ne deve aver visto tre o quattro».

Fioretto non rispose.

«E lei invece mi dice che è caduta, o che si è buttata, da sola».

«Be', io non ho visto niente...».

«Ed è un peccato, signor Fioretto. È un peccato. Lo sa perché?».

«No...».
«Perché, dai dati dell'etilometro, risulta che lei sia l'unico dei trenta suoi, diciamo così, confratelli ad essere completamente sobrio».
Padre Fioretto non rispose. Il commissario, dopo qualche attimo di denso silenzio, continuò imperterrito.
«Lei si ritrova, vestito da frate, in una accolita di persone vestite da frate, le quali festeggiavano il Capodanno Pisano, come dice lei. Si ricorda per quale motivo festeggiavate?».
«Be', è il Capodanno Pisano».
«Nessun altro motivo?».
«Non mi viene in mente altro».
«Le rinfresco la memoria. La festa era organizzata per un vostro correligionario che poteva ricominciare a bere, dopo aver rispettato un voto. Pur tuttavia lei non ha toccato una goccia d'alcol. Cioè, lei è l'unico della... come la chiamate, questa associazione?».
Fratel Fioretto non rispose, limitandosi a guardarsi i piedi. O meglio, le scarpe. Perché, in mezzo a tanti frati muniti di sandali portati direttamente sui piedi nudi, quello seduto di fronte a Valente era l'unico ad avere delle calzature adeguate al freddo pungente della giornata. Uno dei due particolari – l'altro era la fede nuziale all'anulare sinistro – che evidenziavano la sua natura laica.
«Non si ricorda nemmeno questo. Insomma, signor Fioretto, la sua presenza in mezzo a questa accolita mi sembra un tantinello strana».
«Non ho detto di conoscerli. Perché faccio la stessa

cosa che fanno altri, non è detto che li conosca, no? Secondo lei tutti i travestiti si conoscono per nome?».

«Giusta osservazione. È vero, non è necessario conoscersi per fare la stessa cosa, per quanto strana sia. E nemmeno per trovarsi nello stesso posto. Lei, in fondo, si è trovato chiuso all'interno del battistero in mezzo a persone che non conosceva. Inclusa la vittima, Marianna Osservatore. Perché lei non la conosceva, vero?».

«No, che non la conoscevo».

«Allora lei dev'essere davvero una persona generosa».

Silenzio.

«Sì, perché dal suo conto in banca negli ultimi due anni risultano parecchi versamenti a favore della signorina Osservatore. Versamenti di qualche centinaio di euro, a volte anche di qualche migliaio».

Ancora silenzio. Chissà perché.

«Vede, signor Fioretto, ho come la sensazione che lei mi stia prendendo per il culo. Adesso, se ha un attimo di tempo, le spiego perché. Oggi, per una circostanza del tutto particolare, trenta persone decidono di celebrare il Capodanno Pisano vestendosi da frate, andando a pranzo fuori e ubriacandosi come cosacchi. Trenta persone precise. Poi vanno in battistero perché hanno deciso di collaudarne l'acustica, e si fanno chiudere dentro. Nell'intervallo di tempo in cui questi tipi sono dentro, una donna viene buttata giù dal matroneo. E noi, una volta arrivati sul posto, facciamo uscire trenta persone vestite da frate. E facciamo un errore. Perché le persone dentro al battistero, al momento del nostro arrivo, non erano trenta, ma trentuno».

Il commissario si prese una piccola pausa, per bere un sorsetto d'acqua. Mettere la gente alle strette gli faceva sempre venire una paurosa secchezza delle fauci.

«Trentuno, sì. Perché, mentre lei aspettava, all'interno del battistero è stata ritrovata una trentunesima persona. Si tratta di tale Leonardo Bottoni. A lei questo nome non dirà niente, ma ai suoi confratelli di là dice molto. Pare che si tratti del cosiddetto ciambellano della Loggia. E pare che oggi, all'inizio dei lavori, diciamo così, era presente. Ed ha seguito tutto l'itinerario dei suoi soci con il suo bravo vestito da frate, che non si è tolto nemmeno all'ingresso del battistero. Pare fosse troppo ubriaco per farlo. Infatti è stato scortato da due suoi sodali all'ombra del matroneo e rintanato dietro a una colonna. Colonna al riparo della quale si è addormentato, perdendosi tutto il casino successivo, e risvegliandosi solo un'oretta fa. Solo, intorpidito e senza più il saio. Qualcuno, mentre dormiva, glielo aveva sfilato».

Il commissario si permise un sospiro.

«Adesso, signor Fioretto, ho trentuno persone e trenta vesti da frate. Pare assodato che ventinove di queste siano restate addosso ai legittimi proprietari per tutta la giornata. Quello che le chiedo, adesso, è: da dove viene il saio che ha addosso? Qualcuno l'ha vista uscire di casa, stamani, vestito da frate, oppure...».

«Io che cazzo ne sapevo che era un frate finto?».

Quando ricominciò a parlare, Fioretto aveva un tono completamente diverso. Arrabbiato, sembrava. Quasi offeso.

«Ho visto questo tipo lì dietro a una colonna. Sembrava che stesse male. Ho pensato che un saio fosse un travestimento perfetto. Sarei riuscito a uscire dal battistero e a filarmela tranquillamente».

«Ma non si era reso conto che anche gli altri erano vestiti da frate?».

«Era buio! Era troppo buio per distinguere le cose da lontano».

Fioretto rimase in silenzio per qualche secondo. Nervosamente, si girava all'anulare la fede.

«All'inizio, mi sono reso conto solo che c'erano altre persone nel battistero. Proprio quando...».

«Proprio quando aveva deciso di uccidere la sua amante?».

«Non usi quel termine» disse Fioretto, con amarezza. «Non se lo merita. Era solo una stronza affamata, e io sono un coglione che si faceva ricattare».

«Affamata?».

«Affamata, sì. Ha presente quelle donne che si vedono nei film, a cui piacciono solo i maschi e il denaro? Ecco, io una così l'avevo incontrata nella realtà. Le piaceva il brivido, le piaceva, alla troia. I posti pericolosi, in mezzo alla gente. Le piaceva farsi portare a teatro, tanto per farle un esempio, e farsi servire nel palchetto. Questo le piaceva. Questo e i soldi. Non lo faceva passare per ricatto, eh. Era brava. Mi servirebbe questo, Pigi. Non è che mi presteresti un cinquecento, Pigi? E io dovevo stare dietro alle sue bizze. E ai suoi pruriti».

Immobile, il commissario stava a sentire, mentre Fioretto ormai aveva aperto le cataratte.

«Non ce la facevo più. Ieri sera mi ha telefonato, mi ha chiesto di incontrarla, la stronza. Perché non ci incontriamo a Pisa, mi ha detto? Domani è il Capodanno Pisano, ci sarà tantissima gente in giro. Magari mi porti in battistero. È un posto buio, ha detto con il suo tono da femmina fatale da tre soldi. Ispira la meditazione».

Fioretto smise di giocare con l'anello.

«Quando mi ha chiamato stavo guardando un film alla televisione. E mi è venuta un'idea».

Il commissario fece una faccia ammirata.

«Mi lasci indovinare. Scommetto che il film si intitolava *Inside man*».

Fioretto guardò il commissario, e si lasciò sfuggire un sorriso. Valente rincarò la dose.

«Sì, devo ammettere che è un'idea geniale. Restare dentro il battistero oltre l'orario di chiusura, fare quello che doveva fare e uscire indisturbato il giorno dopo, mescolandosi ai turisti, dopo aver nascosto tutto al piano di sopra, nel matroneo. Ne avrebbe avuto il tempo. Come ha fatto a convincerla?».

«Convincerla? Quella era matta, commissario. Ho solo dovuto farle pensare che era una sua idea. Ci siamo trovati alle cinque, abbiamo girellato per una ventina di minuti, e poi le ho detto: Mi sono sbagliato, il battistero non chiude alle sei. Chiude alle cinque e mezzo. Avrebbe dovuto vedere il lampo negli occhi. Allora lasciamo che ci chiudano dentro, ha detto. Passiamo tutta la notte qui».

«E lei che ha fatto?».

«Ho fatto finta di resistere. Quel tanto che bastava per infoiarla ancora di più».

«Quindi non aveva il minimo sospetto».

«Sospetto? Ma figurarsi. Già era scema come una vacca, 'sta maiala».

Fioretto si sforzò di ridere.

«Avrebbe dovuto vedere quando questi tizi si sono messi a cantare. Si è affacciata alla balaustra per capire cosa succedeva, perché era buio e si vedeva male».

«E lei? Non ha pensato di rinunciare, con tutta quella gente?».

«Io credevo che nessuno mi potesse vedere. So un tubo io che proprio in quel punto andava a entrare il sole dalla finestra, era tutto buio anche lì. Dev'essersi spostata una nuvola all'ultimo momento. Quel che so è che mentre prendevo la maiala per le caviglie mi sono ritrovato il sole negli occhi. Non mi sono nemmeno potuto godere la sua faccia mentre cascava di sotto».

Valente sentì un sorriso che gli si allargava internamente.

«Capisco».

Tutta la complicità era scomparsa dalla voce del commissario. Il quale, quando Fioretto alzò lo sguardo, disse in tono volutamente burocratico:

«Quindi, lei mi conferma che è omicidio premeditato».

Il sedicente frate fissò il commissario per un attimo.

Disprezzo.

Il viso del commissario era un blocco di sincero, assoluto disprezzo nei confronti del reo confesso.

Per quello che aveva fatto, per come l'aveva fatto, e per come l'aveva pensato.

E per essere stato così cretino da credere che la comprensione di chi gli stava davanti fosse autentica.

Mentre il sorriso di Fioretto si spegneva, Valente distolse lo sguardo portandolo sull'interfono.

«Bernazzani, per cortesia. Dobbiamo operare un arresto».

«Bene, signori. Siete stati trovati in flagranza di reato per violazione dell'articolo 696 del codice civile. Vista la scarsa possibilità di reiterare il reato, non vedo necessità di prolungare lo stato di fermo».

Di fronte a Valente, tornati grazie allo scorrere del tempo in una condizione assimilabile alla sobrietà, i soci cinghiali stavano attenti. La truppa era tornata al numero di trenta, grazie all'arrivo del Bottoni e al ritorno del Bernardini allo stato di veglia, e conseguente sortita dal cesso.

«Vi chiedo solo un favore: la prossima volta, se volete festeggiare Capodanno a marzo andate a Firenze. Me lo promettete?».

I soci cinghiali si guardarono. Con dignità, il presidente si erse in tutta la sua altezza.

Poi, nel silenzio, cominciò:

«Fra-teelliii, d'Iii-ta-liaaa...».

Uno dopo l'altro, gli affiliati si unirono al canto, con

solennità. E piano piano, al suono dell'inno nazionale, la Loggia del Cinghiale nella sua interezza uscì dal commissariato, con la dignità tipica di chi, nonostante tutto, ha fatto ancora una volta il proprio dovere.

Appendice per gli increduli

Il nostro mondo, ormai abituato all'omologazione e alla stanca ripetizione di rituali di cui si perde il significato con il passare del tempo, potrebbe trovare questo racconto pieno di cose incredibili. Mi sembra pertanto necessario rassicurare il lettore su quali aspetti di questo piccolo raccontino siano completamente rispondenti alla realtà.

Il Capodanno Pisano si celebra effettivamente ogni 25 marzo, a mezzogiorno, quando la luce entrante da una finestra illumina l'uovo di marmo posto accanto allo splendido pergamo di Giovanni Pisano. In questo modo si vuole celebrare l'inizio dell'anno con il momento in cui avvenne, per mezzo della procreazione miracolosamente assistita, il concepimento di Nostro Signore Gesù Cristo.

L'acustica del battistero di San Giovanni, opera di Diotisalvi, è effettivamente incredibile: la relazione che lega tale caratteristica alla stella a cinque punte che è alla base del progetto è stata studiata recentemente nel dettaglio e rivelata da Leonello Tarabella, basandosi sugli studi del matematico statunitense David Speiser. Il monumento è in grado di creare armonici di rara bellezza, per gustare appieno i quali non c'è documentario o filmato di YouTube che tenga. Se volete sentirlo, dovete recarvi sul posto.

Allo stesso modo, dal mondo della realtà ho preso di sana pianta la Loggia del Cinghiale, con il suo statuto, le sue cene a tema, i suoi travestimenti e la sua insana voglia di fare casino. So che sembra l'invenzione più incredibile di tutte; ma, credetemi, una cosa del genere io non sarei mai stato capace di inventarmela da solo...

Azione e reazione

«A me non mi convince per niente».

«E dai, prova. Che ti costa?».

Il Rimediotti scosse il capo, per nulla convinto.

«Senti, io ho anche smesso di fuma' le sigarette normali, 'un ho punta voglia di prende' 'r vizio a questa robaccia vì. Capace costa anche».

«Un po' te la fanno pagare» ammise Aldo «però ne vale la pena, te lo assicuro. A me mi ha aperto un mondo. Pensala come un'esperienza nuova».

«Mah...».

Il Rimediotti tese la mano, prese lo strano affare cilindrico che Aldo gli porgeva con mano tentatrice, se lo portò alle labbra e dette un tiro sospettoso. Dopo qualche secondo, sbuffò una nuvoletta di vapore opalescente.

«Allora?».

Il vecchietto cominciò a giocherellare col cilindretto, avvitandolo e svitandolo nell'aria con dita malferme. Dopo averlo studiato bene bene, il Rimediotti assentì lentamente andando su e giù con la testa.

«Mah, a me non mi sembra la stessa cosa».

«Non è la stessa cosa no» ammise Aldo. «Però perlomeno è una sensazione simile. E poi hai la manualità, la gestualità. La tieni come se fosse una sigaretta vera. A me, devo dire, mi convince».

Il Rimediotti, visibilmente per nulla convinto, tese la mano adunca verso il proprio vicino di sinistra.

«Te, Pilade, la vòi prova'?».

Pilade, trincerato dietro il fumo della sua Stop, guardò il Rimediotti con aria schifata.

«A me le sigarette mi garbano vere. Quelle cor tabacco dentro e senza il filtro fòri. Ci sono abituato. Quell'affare lì 'un so nemmeno cosa c'è dentro. E se poi mi sento male?».

«E dai, Pilade» disse Aldo. «Per un tiro, cosa vuoi che ti succeda?».

«Lo dici te. Dipende da cosa ti tiri» replicò Pilade, a buzzo fiero.

«Vero» ribadì Ampelio, bene appoggiato al bastone. «Magari 'un mòri, però diventi cieco».

«E vabbè, allora chiudiamoci in casa, sennò ci arrivano i vasi di gerani in testa» disse Aldo riprendendosi l'oggetto elettronico, prima che il Rimediotti trovasse il modo di romperlo. «Non è che siccome uno è vecchio deve rincoglionire per forza, bimbi, eh».

«Meglio coglione che avvelenato» rispose Pilade, fermo nella sua posizione intellettuale oltre che (come d'abitudine) in quella fisica. «Io se 'un so cosa c'è dentro quell'affare non lo tocco nemmeno cor forcone. E poi, Dio bonino, va bene l'innovazione, ma alle vòrte s'esagera. E la posta elettronica, va bene. E l'atumobili colla centralina elettronica, meglio. Ora però anco le sigarette le fanno elettroniche. Io son preoccupato».

«Fai bene a preoccuparti» simpatizzò Ampelio. «Se piove di vèr che tòna poi si passerà direttamente alla pastasciutta elettronica, e lì ti ci voglio vede'».

«Oh, Massimo, fermati un attimino» intervenne Aldo. «Te cosa c'è dentro la sigaretta elettronica lo sai?».

Massimo, che nel frattempo era arrivato a portare via i bicchieri vuoti, assentì con la testa mentre sparecchiava alla velocità dei neutrini.

«E allora spiegaglielo te a papa Wojtyla, qui, per favore» impetrò Aldo. «Sennò poi va in giro a dire che lo voglio traviare».

«Se venite dentro, volentieri».

«O cosa c'incastra di veni' dentro?» chiese Ampelio. «Noi si sta tanto bene qui fòri».

«Ne sono lieto. Però siccome è il quindici di agosto e sono le tre di pomeriggio, spero vi renderete conto che al sole oltre a voi ci stanno bene solo i ramarri. Dato che io non sono né un rettile né un reduce dell'Amba Alagi, e dato che dentro il bar c'è l'aria condizionata, se venite dentro vi spiego anche come funziona un ciclotrone. Se invece Pilade non se la sente di affrontare questa temibilissima diavoleria tecnologica, sono mele cotte vostre».

E, vassoio in mano, partì.

«Carattere chiuso...» borbottò Ampelio puntellandosi sul bastone.

«Allora, in pratica la sigaretta elettronica contiene un sensore: un dispositivo in grado di rilevare il flusso dell'aria, e quindi di accorgersi di quando lo pseudo fumatore aspira. Quando rileva l'aspirazione, il sensore accende una resistenza che riscalda il liquido contenuto nella cartuccia. Il liquido riscaldato alla temperatura adeguata si nebulizza, ovvero forma una nebbia che può essere inalata».

«E cosa c'è nel liquido dentro la cartuccia?» chiese Pilade, infastidito sia dal tono cattedratico di Massimo che dallo scomodissimo sgabello su cui, visto che tutte le altre sedie erano occupate, aveva dovuto, per dir così, accomodarsi.

«Acqua aggiunta di glicole propilenico, glicerolo, nicotina. Servono per creare delle goccioline, invece di produrre semplicemente del vapore, che non darebbe la stessa sensazione. In questo modo si producono delle goccioline di liquido disperse in aria, grosso modo della stessa dimensione delle particelle del fumo, che una volta aspirate ti danno la sensazione del fumo, mentre se aspiri forte sopra la pentola dell'acqua della pasta non hai la stessa sensazione».

«E non è come aspirare il fumo?» chiese Aldo. «A livello dei polmoni, intendo...».

«No, è tutta un'altra cosa. Il fumo è una dispersione di un solido in un gas. È una delle caratteristiche che contribuiscono a renderlo dannoso. Se fai caso, il fumo che esce dalla sigaretta è azzurrino, mentre quello che soffi fuori è bianco. Questo succede perché le particelle di fumo toccano la superficie dei tuoi polmoni, che è fredda, e si aggregano. Così quando espiri soffi via particelle di dimensioni maggiori, che rifrangono la luce in modo diverso, e quindi il fumo ha un altro colore. Purtroppo, nel processo parecchie particelle si affezionano alle pareti dei tuoi polmoni e decidono di rimanere lì, a grattarti gli alveoli».

«E questi troiai che dicevi prima che si mettano nella cartuccia sono velenosi, immagino».

Massimo si prese una generosa dose di tè freddo.

«Tutto è velenoso, se lo assumi in dose sbagliata». Massimo indicò il bicchiere d'acqua davanti a Pilade. «Anche l'acqua, che è la base della vita. Prova a berti quindici litri d'acqua il giorno e poi me lo sai ridire».

«Perché, cosa mi succede?» chiese il Rimediotti.

«De', mòri d'aonco» disse Ampelio. «Vedrai, se vomiti anco l'anima benino non stai».

«Non esattamente. Potresti andare in iponatremia, cioè carenza di sodio nel sangue, e sviluppare un'encefalopatia letale».

Mentre Ampelio si sistemava il cavallo dei pantaloni, Massimo continuò:

«A queste dosi, questa roba non fa nulla. Anzi, il glicole propilenico è un ottimo antibatterico. E la glicerina è un lassativo. Esattamente come la nicotina. Mantengono anche quell'effetto».

«Ho capito».

Pilade fece due o tre volte su e giù con la testa, quindi guardò Massimo con gli occhietti che brillavano, incastonati nella facciotta lardosa.

«Ho capito, sì. E allora come mai te continui a fumare le sigarette normali?».

Massimo ridacchiò. Se c'era una cosa che non potevi fare con Pilade, sia fisicamente che figurativamente, era prenderlo per il culo.

«Perché sono fatti miei. Ho smesso di rendere conto a mia madre, santa donna, da una ventina d'anni, e a mia moglie, quella maiala, da una decina, e ora dovrei giustificarmi coi Quattro del De Profundis? A parte il fatto che, se mi convertissi alla sigaretta elettronica, Aldo comincerebbe a scroccarmi anche quella. Tanto, elettronica o no, fuma più di prima. Che non compri un pacchetto di sigarette dal novantasei, pace, ma che ci mettiamo in bocca lo stesso oggetto no. C'è un limite a tutto».

«Ha ragione ir bimbo» sentenziò Ampelio. «Quando si tratta di bacco, tabacco e venere, lui sceglie la tradizione. Le care, vecchie cose d'una vorta. Anche per l'amore fisico, sissignore. Tutto fatto a mano, come quando s'era ragazzi noi».

Mentre Massimo si guardava intorno, alla ricerca di un oggetto contundente, Pilade riprese il discorso.

«Però su una cosa ir bimbo ha ragione davvero, Ardo. È una settimanetta che fumi parecchio».

«Vero» ammise Aldo. «È che son nervoso, che ci vuoi fare».

«Per via del russo?» chiese Gino.

Aldo, soffiando via una nuvoletta di fumo virtuale, assentì tristemente.

Il russo in questione, al secolo Pavel Gorlukovich, era entrato nella vita di Aldo una settimana prima, quando insieme alla moglie Ekaterina Ivanovna Semionova aveva preso possesso della Suite Leopoldina all'interno del resort di Villa del Chiostro. Il fatto che la suite intitolata al fu granduca costasse milleottocento euretti a notte, e che l'unità abitativa fosse stata prenotata dall'ex sovietico per la durata di tre settimane, aveva suggerito al personale della struttura che, forse, era il caso di trattare il personaggio con riguardo.

Lo stesso riguardo, ahimè, non era stato mostrato dal Gorlukovich, né nei confronti del personale né rispetto agli altri ospiti, ahiloro.

La clientela di Villa del Chiostro e dell'annesso ristorante «Boccaccio 2012», di cui Aldo comandava la sala in cooperazione con Tiziana, si poteva definire senza alcun dubbio in un solo modo, e cioè distinta. Ad essere sinceri, anche «molto anziana» sarebbe stato adeguato, ma per il concetto che si vuole sviluppare l'aggettivo «distinta» è sicuramente più coerente. Clientela anziana, si diceva dunque, ma soprattutto distinta. Purtroppo anche il Gorlukovich era in grado di distinguersi, ma solo ed esclusivamente per essere rozzo, fastidioso e fuori luogo come un porchettaro in una sinagoga.

Il figuro in questione ammorbava con la propria facciona rossa e minacciosa un po' tutte le parti del complesso, dalla Spa alle piscine, tanto da guadagnarsi nel giro di un paio di giorni l'azzeccato nomignolo di «il biecorusso»; ma, in assoluto, era al ristorante che il tizio dava il meglio di sé.

Tralasciando i rumori che caratterizzavano la sua presenza, e che andavano dal continuo blaterare oscure minacce al telefonino al chiamare i camerieri con uno schiocco di dita per finire con i rutti con i quali annunciava al resto della provincia di aver gradito il pasto, il russo era una specie di campionario di tutto quello che non si fa quando si va a cena fuori. Scenate ai camerieri, bicchieri di barbaresco tirati giù come se fossero spuma, piatti dal sapore non gradito rovesciati sul pavimento, e altro ancora: il tutto con la tipica protervia che, di solito, solo l'appartenenza a una branca dei servizi segreti o ad una organizzazione criminale può dare ai propri appartenenti.

Quando, in una occasione, Aldo aveva tentato di ricordare al biecorusso l'esistenza di quella strana forma di ipocrisia nota come «buona educazione», e che non era bello pretendere di sedersi ad un tavolo a cui era già seduta un'altra coppia, perdipiù in età tumulabile, il tizio aveva troncato di netto, cominciando ad irritarsi:

«Io paga per quello che chiedo».

«Anche gli altri nostri ospiti pagano, signor Gorlukovich» aveva replicato Aldo, con più fermezza di quanto credeva di possedere, e meno di quanto avrebbe desiderato.

«Davvero? Allora loro no ospiti. Loro clienti, come me. E io paga più di loro».

E si era diretto al tavolo, rosso in faccia, seguito dalla moglie. Purpurea anche lei, ma per ragioni più condivisibili.

«E viene a cena anche stasera?».

«Anche stasera, sissignore. Ferragosto, il giorno più impestato dell'anno». Aldo dette un tiro particolarmente privo di ispirazione al surrogato di sigaretta, sbuffando via una nuvoletta di vapore. «Gente che pretende di mangiare bene e di essere servita in un tempo decente con il ristorante strapieno, gente che arriva all'ultimo momento e ti chiede ha mica un tavolino, siamo in sei ma ci si stringe, gente che si incazza perché aspetta il dolce dieci minuti. Il tutto con questo stronzo fra i piedi».

«Dai, su, cosa ti lamenti» provò a tirarlo su il Rimediotti. «Almeno ciai il ristorante pieno».

«Stasera» rispose Aldo recisamente. «Stasera sì, perché è Ferragosto. E la gente viene da fuori. Ma lo sai che sei coppie di clienti del resort hanno fermato le prenotazioni al ristorante, già pagate e tutto, e da qui alla fine del soggiorno preferiscono mangiare fuori?».

Aldo sospirò.

«Quando ho cominciato c'erano i ricconi giapponesi. Educatissimi, signorili, curiosi. Poi sono arrivati i ricconi arabi. Esagerati, viziati, ma in modo spettacolare, quasi bambinesco. Ora ci sono i ricconi russi. Quasi tutti ex militari, ex KGB. Gente che ha fatto i soldi vendendo armi o cristiani».

«E preferivi l'arabi?» disse il Rimediotti, da sempre diffidente nei confronti degli infedeli.

«Ma mille volte. Almeno erano educati. Almeno se si trovavano male si limitavano a non tornare più. Questi se si trovano male non ci mettono nulla a darti fuoco al ristorante. Via, giù, ora mi tocca andare a preparare. Massimo, te lo posso chiedere un favore?».

«Volentieri» disse Massimo, tirando fuori di tasca una sigaretta vera. «Su diecimila, una più una meno...».

Aldo fece scattare l'accendino proprio sotto il cartello «Vietato fumare»; quindi, dopo aver aspirato voluttuosamente, indicò Massimo con la punta della cicca.

«Una cosa positiva il russo ce l'ha» disse, annuendo. «Da quando l'ho conosciuto, mi sembri quasi simpatico».

Eccoci. Gira gira, tocca sempre a me.

Driiin.

Driiin.

Driiin.

«Mphr».

«Pronto... Pronto, Massimo? Pronto?».

«Dipende a cosa. Chi è?».

«Massimo, sono io, dai!».

«Io chi? Ci sono sette miliardi di persone che possono dire la stessa co...».

«Io, cazzo, io! Sono Tiziana. Chi vuoi che sia che ti telefona a casa alle due di notte?».

«Si incomincia bene. Prima mi svegli alle...» Massimo dette un'occhiata allo stereo «... alle due e un quarto, e poi mi dai dello sfiga...».

«Massimo!».

«Sì, scusa. Che è successo al russo?».

Attimo di silenzio. Al di là del telefono, l'unico rumore che Massimo era in grado di riconoscere (sebbene fosse decisamente fuori allenamento) era un respiro affannoso di femmina. Dopo qualche secondo la femmina in questione, e cioè Tiziana stessa, smise di pantasciare e chiese:

«E te come lo sai?».

«Probabilità. Qual è la probabilità che tu mi telefoni alle due di notte, se non è successo qualcosa di grave? Praticamente nulla». Massimo fece una piccola pausa per sbadigliare, coprendo il ricevitore per occultare il richiamo di ippopotamo in amore. «Ergo, è successo qualcosa di grave. Che cosa? Proviamo a ragionare in termini di probabilità condizionali, come mi ha insegnato il buon vecchio reverendo Bayes. A priori, hai un ristorante con dentro un cliente stronzo e maleducato, che ha già rotto i coglioni a qualsiasi bipede che stazioni lì da voi. Come condizione, è Ferragosto e quindi il ristorante è pieno di gente stanca e rintronata dal sole, quindi facilmente irritabile. A posteriori, perciò, la probabilità che l'episodio grave per cui mi stai chiamando non abbia nulla a che fare con il russo in questione è piuttosto bassina. Anzi, direi che è piuttosto facile inferire che qualcuno abbia risposto male al russo e che ne sia nata una discussione a forchettate».

Si udì qualche altro secondo di respiro affannato, poi la voce di Tiziana replicò in tono lievemente più calmo:

«Meglio che tu smetta di frequentare questo reverendo Bayes, chiunque sia. Il russo è morto in camera sua, un'ora fa. Il dottore dice che è stato avvelenato».

Fuori dal ristorante, oltre all'inutile ambulanza con i fari azzurri accesi e roteanti, ma a motore spento, c'erano Aldo, seduto su una sedia con le mani giunte, con il calumet 2.0 che gli pendeva dalle labbra, spento anch'esso. A qualche metro di distanza il Foresti camminava avanti e indietro davanti al portone, con gli occhi persi. Massimo, senza dire nulla, si sedette accanto ad Aldo e gli porse una sigaretta di quelle di una volta. Aldo, dopo essersi messo nel taschino l'oggetto elettronico, la prese con dita che tremavano lievemente più del normale e se la accese, abbandonandosi sullo schienale mentre sbuffava la prima boccata.

«La polizia è già arrivata?».

Purtroppo, non tutti i tipi di tensione sono solubili nel fumo tanto quanto nell'alcol, e lo sguardo di Aldo confermò.

«Sono dentro. Stanno interrogando Tiziana. Poi tocca a me, poi a Sergio...» Aldo indicò il socio con la punta della sigaretta «... e infine a Tavolone. E poi, via via, tutto il personale».

«Te la senti di dirmi cosa è successo?».

«Fino a quando lo so, ci posso provare».

«E provaci, su» disse Massimo, con un sorriso forzatello. «Così ripassi un po', prima di fare l'esame».

«Allora...» cominciò Aldo, alzandosi come d'abitudine quando doveva raccontare qualcosa. «Stasera, al ristorante, eravamo pieni. Anzi, più che pieni. Settantotto coperti. Tutto alla carta, come sempre, per cui immaginati te che casino che c'era».

«Gente che conoscevi?».

«Non tantissima. C'erano due tavoli di persone di paese, l'avvocato Pasqualoni con la ganza e i Soldani, che avevano un paio di amici da fuori. Per il resto, qualche ospite del resort e parecchia gente di passaggio».

«Il russo com'era? Come al solito?».

Aldo lo guardò al di sopra degli occhialini da intellettuale.

«Peggio. Parecchio peggio. Ha iniziato facendo aprire un Trebbiano Valentini e dicendo che sapeva di tappo, e noi lì a spiegargli che è un vino un po' particolare e quel sapore pungente è una delle sue caratteristiche. Nulla, se n'è fatta portare un'altra e ha detto che aveva preso di tappo anche quella. E fin lì s'era presa quasi sul ridere. Tavolone, quando gli s'è portato la bottiglia aperta e gli s'è detto "ò, il biecorusso ha detto che questa puzza di tappo" s'è messo a dire "eeh, si vede che è uno abituato ai profumi. Per esempio, la su' mamma sapeva sempre di camporella". E intanto, si arriva agli antipasti. E lì la situazione inizia a degenerare. Ha cominciato a trattare male chiunque gli capitasse a tiro. Camerieri, clienti, persino la moglie, tanto che lei a un certo punto ha preso ed è andata via».

«È tornata in camera?».

«No, credo sia proprio andata via dall'albergo. Comunque, ci sono telecamere ovunque, la cosa si può vedere facilmente. Lui è rimasto un'altra oretta, da solo, anche se per quello che ha bevuto potevano essere in sei».

«E cosa ha mangiato?».

«Dunque, di antipasto ha preso la tartara di scampi con la salsa di aglio bianco di Caraglio. Poi di primo lo spaghetto scorfano e oliva taggiasca...».

«Lo spaghetto? Uno solo?».

«Sì, ma lungo sei metri». Aldo allungò la mano verso il taschino di Massimo, tirò fuori il pacchetto e ne estrasse una sigaretta. «Poi di secondo la tagliata di tonno impanata al pistacchio. Ma ha mangiato poco o nulla. Secondo me, stava già male quando è arrivato a tavola. T'avrei fatto vedere come sbatteva gli occhi. Però sai, ho pensato che avesse preso troppo sole. Si vedeva il collo qui dietro la nuca che era viola da quanto era rosso. Doveva aver preso una strinata di quelle da ricovero...».

«Signor Griffa?».

Aldo si voltò. Dal portone era uscito un poliziotto in divisa con Tiziana accanto.

«Vai, tocca a me. Massimo, posso?» disse indicando il pacchetto.

Vabbè, un'altra sigaretta per l'interrogatorio...

Massimo glielo porse, benevolo. Aldo, con un sorriso tirato ma sincero, lo prese per intero e se lo mise in tasca, annettendoselo con finta indifferenza.

«Torno fra un po'. Voi mi aspettate, vero?» disse rivolto a Massimo e Tiziana.

E ti pareva. Un altro paio d'orette su una sedia di vimini, gonfio di sonno e senza poter fumare.

Speriamo ti incriminino.

«"Un'ultima cena nel resort di Villa del Chiostro, poi la morte. Trovati altissimi livelli di piombo nel sangue. Servizio di Pericle Bartolini"».

Mentre gli altri tre vecchietti si mettevano le mani nelle tasche davanti, il Rimediotti si produsse nell'usuale preludio alla lettura a voce alta dell'articolo di giornale, ovvero una scatarrata che ricordava la partenza di un Gran Premio.

Erano le tre di pomeriggio del diciassette agosto, e il BarLume si stava gustando il lento ritorno alla calma che segue il parossismo di Ferragosto; come personale, come da logica, era presente il solo Massimo, e come clienti, per contrappasso, solo i vecchietti.

Va spiegato, per quelli che non sono mai entrati in questo bar, che gli ex giovanotti non si stavano toccando le palle come reazione alla morte violenta cui l'articolo si riferiva (in quanto è noto che i vecchietti amano leggere di scomparse, omicidi, necrologi e qualsiasi notizia comunicante al mondo che è morto qualcun altro) quanto in risposta al nome di Pericle Bartolini, responsabile della sezione «cronaca nera e altri fattacci col morto» del giornale locale, il cui nome veniva scandito dal Rimediotti solo ed esclusivamente in corrispondenza col fatto che qualcuno aveva tirato il calzino. In virtù di tale correlazione, il Bartolini si era fatto quindi una granitica e rispettata fama di portamerda, che veniva doverosamente ricordata ogni qualvolta il personaggio in questione era avvistato o rammentato.

«"Una giornata di vacanza, in spiaggia, come sempre nelle ultime settimane. Una cena tranquilla nel resort dove alloggiava insieme alla moglie. Poi, d'improvviso, i primi sintomi di malessere e il ricorso al dottore, tempestivo ma inutile. Così è morto, nella notte di Ferragosto, il cinquantaseienne Pavel Gorlukovitch, imprenditore russo del ramo energetico che aveva scelto Pineta come luogo per passare le vacanze, senza sapere che sarebbero state le ultime della sua vita"».

«Davvero. Ma anche lui, de', con tutti i vaìni che ci doveva ave', viene in vacanza a Pineta? È come anda' ar casino e mettessi a guarda' le tendine».

«Ampelio chetati, per favore» disse Aldo, con voce neutra.

«"L'intensità e la natura dei primi sintomi sono state tali da far sospettare il magnate sovietico..."».

«Sovietico?» chiese Pilade. «Quarcuno glielo dovrebbe spiega' ar Bartolini che siamo ner dùmila, prima o poi».

«"... di essere stato avvelenato. E difatti, l'autopsia ha rivelato che nel sangue dell'uomo erano presenti massicce quantità di piombo. Un vero e proprio avvelenamento, in grado di spiegare sia le intemperanze di cui il soggetto aveva dato mostra nel corso della cena, sia la successiva morte per edema cerebrale, come riscontrato dal medico legale. Dove sia avvenuto l'avvelenamento, e con quali modalità, rimane tuttora un mistero. Gli unici elementi certi di cui gli inquirenti dispongono sono i movimenti della vittima, ricostruiti con l'aiuto della moglie, Ekaterina Semionova. Movimenti, in realtà, molto semplici: la coppia era solita passare la mattina presso il centro benessere e il pomeriggio in spiaggia, consumando tutti i pasti presso la struttura di Villa del Chiostro. Una routine consolidata, che ha probabilmente aiutato l'assassino a pianificare e successivamente a mettere in atto il proprio disegno criminoso, concretizzatosi nella morte del turista russo. Una ulteriore morte violenta nella nostra cittadina, un ulteriore mistero estivo, una nuova pennellata di giallo sull'azzurro del cielo del nostro bel litorale"».

Così si concludeva l'articolo del Bartolini, il quale con l'ultimo guizzo di penna era riuscito a ricordare ai quattro collezionisti di acciacchi di non essere l'unico menagramo della provincia.

I quattro, però, non reagirono alla provocazione. Non perché non l'avessero registrata, ma perché nel momento esatto in cui il Rimediotti finiva di leggere l'articolo l'ombra sotto l'olmo si era improvvisamente congiunta con un'altra ombra a forma di commissario.

«Alla grazia della legge» disse Ampelio con tutta la gentilezza di cui disponeva. «Abbiamo anche il dottor commissario».

«Buongiorno, dottor Fusco» disse invece Aldo, signorilmente. «Come va? Si sieda, si sieda. Le prendo un cuscino?».

Avvicinatosi ad una seggiola, il dottor commissario vi si sedette sopra, senza peraltro che la propria altezza diminuisse in modo sensibile.

Questo della statura era uno dei capisaldi attraverso cui i vecchietti trovavano giusto ed opportuno prendere per il culo il dottor commissario; gli stessi vecchietti che, si badi bene, pochi giorni prima erano sinceramente inorriditi nel sentire un politico idiota della Lega prendere in giro un ministro della Repubblica a causa del colore della pelle. Ma così va il mondo: spesso, per prendere in giro una persona che troviamo detestabile per motivi nostri, giustificabili o meno, non troviamo di meglio che appigliarci ad una sua caratteristica fisica, specialmente in politica. E mentre è socialmente ripugnante, grazie a Dio, prendere qualcuno per il culo per il colore della pelle, talvolta appare accettabile (anche se, a chi scrive, inspiegabile) farlo a causa della statura.

Fusco, come suo solito, attese per qualche secondo prima di parlare.

«Come va? Bella domanda. Potrei avere qualcosa da bere?».

Massimo, che alla vista di Fusco era uscito immediatamente dal bar per evitare le probabili conseguenze date dal contatto Legge-Anziani, in ottemperanza al corollario del Galateo del Galantuomo di Paese il quale testualmente recita «meglio ave' paura che toccanne», si trasformò immediatamente da diplomatico in barrista.

«Caffè? Spremuta? Analcolico?».

«Un caffè, grazie» acconsentì il Fusco, per poi riprendere: «Come va, come va. Fino a due giorni fa, cioè fino a quando aspettavo in panciolle il trenta di agosto come ultimo giorno da passare a Pineta, prima di essere trasferito come vicequestore aggiunto a Firenze, parecchio bene. Ora, dopo che gli ultimi giorni di supposta tranquillità si sono trasformati in un casino internazionale, un po' meno bene, devo dire».

I quattro, opportunamente, tacquero.

«Adesso, però, sono molto più tranquillo. Sappiamo come è morto il Gorlukovich, e quindi siamo in grado di restringere il campo delle indagini».

«Ah» disse Ampelio. «Quindi è vero che Gorlucoso, lì, è stato avvelenato cor piombo?».

«Esattamente. Sono state trovate dosi di piombo nel sangue elevatissime. E tutti i sintomi mostrati concordano. Nervosismo, aggressività, allucinazioni, spasmi muscolari».

«Giusto» disse Aldo, dando un tiro ispirato alla sua sigaretta da astronauta. «Saturnismo. La causa della fine dell'impero romano, dicono alcuni».

«La vedo informato» osservò Fusco.

«È il mio lavoro» rispose Aldo. «Tutti i componenti della brigata di sala devono saper intrattenere e conversare. E visto il genere di clientela, non posso parlare esclusivamente di gnocca e di pallone».

«Già, è il suo lavoro stare in sala» concesse Fusco. «E visto il genere di clientela, intendo quella che girava ultimamente, non ha mai avuto la tentazione di andare in cucina?».

«In che senso?».

«Non so. Forse perché in sala c'è un cliente fisso che sta mandando in paranoia l'intero resort e sta distruggendo la reputazione del ristorante. Se uno sta in cucina, magari non lo vede e si rilassa un po'. E visto che è lì, per rilassarsi un attimo, può provare a cucinare qualcosina. Ma se uno non fa il cuoco di mestiere, il piatto che cucina potrebbe risultare... come dire, pesante». Il commissario fece una pausa. «Pesante come il piombo».

Se non fosse stato per il vapore che fluiva lento e continuo dalle narici, Aldo avrebbe potuto sembrare imbalsamato. Non gli tremava più nemmeno la mano che reggeva la sigaretta.

«Commissario, ha voglia di scherzare?».

«Certo».

I vecchietti si voltarono all'unisono. Massimo, posando la tazzina con il caffè di fronte al dottor commissario, completò.

«Certo che ha voglia di scherzare» disse, mentre posava sul tavolino la coppetta con le bustine di zucchero. «Secondo voi, a indagini in corso, il dottor Fusco viene qui al bar a dire a un sospettato che stanno indagando su di lui? Da che mondo è mondo, le indagini richiedono discrezione. Specialmente nei confronti di chi è indagato o sospettato. Dico bene, signor commissario?».

«Dice benissimo, Viviani».

«Anzi, mi spingerei più oltre» disse Massimo sedendosi, prendendo una sigaretta dal taschino e tirando il resto del pacchetto dentro il bar, tanto per essere chiari. «Il fatto che il commissario sia qui implica che nessuno dei presenti sia sospettato dell'omicidio. Quindi, siccome Aldo è il gestore e maître del ristorante, direi che questo di fatto esclude che l'avvelenamento sia avvenuto al ristorante».

Fusco, dopo aver assaggiato il caffè, fece un piccolo e silenzioso applauso di falangi.

«E bravo il nostro Viviani». Sorso di caffè. «In effetti, contemporaneamente alle analisi del sangue sono state disposte le analisi del contenuto dello stomaco. E nel cibo ingerito dal nostro caro signor Gorlukovich non c'è traccia di piombo».

«Ah».

«Ne discende, quindi, che il veleno non è arrivato nel sangue della vittima per ingestione. Adesso, dobbiamo vagliare tutte le altre vie. Ci tenevo a dirle, signor Griffa, che la sua posizione al momento ci sembra libera. E non le nascondo» Fusco fece un sorrisetto «che per una volta mi sono voluto togliere lo sfizio di essere io a prendervi un po' in giro».

Ci fu un momento di imbarazzato silenzio.

«Bene» disse il Fusco, dopo essersi gustato l'insolito tacere insieme allo zucchero rimasto sul fondo del caffè «io torno al mio lavoro. Buona giornata, signori».

Non appena Fusco se ne fu andato, Aldo si alzò in piedi.

«Massimo, è aperto il bagno?».

«No. Aspetta, vengo e te lo apro».

«Lascia, lascia, faccio da me».

«Sì, così mentre prendi le chiavi del bagno casualmente ti rimane appiccicata alle dita una sigaretta. Nulla. Se vuoi una sigaretta vera te le compri. Capisco che tu non ti ricordi più dov'è il tabaccaio, visto che non ci entri dal secolo scorso, ma se vuoi te lo indico. Oppure ne chiedi una a Pilade».

Pilade, generoso, protese il pacchetto di Stop, ovvero le sigarette più mefitiche della storia del tabagismo. Per tutta risposta, Aldo estrasse di tasca il cilindretto.

«Meglio il profumo di vaniglia» disse, indicando il pacchetto «che il fumo tossico di quell'affari lì. Secondo me le fanno coi gatti morti».

«Ma perché, te invece sei convinto che la roba che è lì dentro sia sana?».

«Sana forse no, ma gradevole di sicuro. Lo so che qui dentro non c'è davvero la vaniglia e che sono solo additivi chimici, e che l'odore che ne risulta è piatto, poco ricco, non naturale. Sembra di fumare l'acqua di colonia, a volte. Ma sempre meglio la profumeria dell'inceneritore. Massimo, ti senti bene?».

Massimo, gli occhi fissi sul trabiccolo fermionico di Aldo, fece lentamente di sì con la testa.

«E allora perché mi guardi in quel modo?».

«Non sto guardando te. Mi è solo venuta un'idea».

«Un'idea riguardo a cosa?».

Massimo indicò il cilindretto.

«Un'idea riguardo a come potrebbero aver avvelenato il russo».

Lentamente, quattro colli provati dall'artrite si protesero verso la sigaretta elettronica.

«Aldo prima ha usato la parola "additivo", parlando del modo in cui aromatizzano il liquido delle sigarette elettroniche» continuò Massimo di fronte al silenzio degli anziani. «A me, per associazione di idee, è venuto in mente che la parola additivo non la sentivo da parecchi anni. E quando la sentivo di solito era associata alla benzina. Ora, ve lo ricordate qual è la cosa che un tempo veniva aggiunta più comunemente alla benzina?».

«Le tasse?» suggerì Ampelio.

«Ho detto "una volta". E comunque sto parlando di

chimica. No, l'additivo più comune usato una volta era un antidetonante, noto come piombo tetraetile».

Silenzio. Non si muoveva un riporto.

«Ora, il piombo tetraetile è un complesso del piombo molto volatile e che può entrare nell'organismo con facilità. È estremamente tossico quando viene inalato, e la cosa è molto subdola perché oltretutto ha un odore caratteristico, ma per nulla fastidioso. Anzi, piuttosto gradevole. Ricorda la frutta lievemente acerba».

Silenzio ancor più fondo, segno evidente che la CIA (intesa come Combriccola Investigatori Anziani) stava facendo due più due. E, inesorabile, la voce di Pilade fece capire che qualcuno era arrivato alla conclusione.

«Ardo, ma per caso il russo...».

Aldo, lentamente, fece di sì con la testa.

«Sì cari» disse solennemente. «Notte e giorno, sempre col suo bel bocchino a portata di mano. Anche fra una portata e l'altra. Cosa ci mettesse dentro non lo so. Però, effettivamente, sapeva di frutta».

«E si sa noi cosa ci metteva dentro!» disse Ampelio, mentre Pilade assentiva annuendo con convinzione. Due più due fa quattro, e il russo l'ha nel sacco.

«Te guarda lì cosa ti vanno a inventa'...» commentò. «Avvelena' una sigaretta. Roba da servizi segreti».

«Davvero, in che tempacci si vive...» si sentì in dovere di chiosare il Rimediotti, rimpiangendo i cari vecchi secoli scorsi quando per ammazzare una persona bastava qualche gagliarda badilata nel cranio.

«Sì, ma aspettate un momento. Non è tutto...».

«Non è tutto, ma è parecchio sufficiente» disse Pilade da sotto in su, mentre Ampelio si alzò in modo garibaldino, puntellandosi sul bastone con orgoglio. «E ora seòndo te cosa si dovrebbe fa', sta' zitti?».

«Vi chiedo solo qualche momento di pazienza» insistette Massimo, mettendo le mani avanti. «Non è il caso di prendere decisioni così, su tre piedi. Mi è venuta in mente una cosa, ora mentre parlavate. Io ho il sospetto che questo potrebbe non bastare. Se mi date il tempo di cercare una cosina su Internet e aspettate una decina di minuti...».

E qui Massimo avrebbe voluto dire che, se fossero riusciti a starlo ad aspettare, avrebbe completato l'informazione e avrebbe permesso loro di evitare una probabilerrima figura di merda, ma non ci riuscì. Aldo, che nel frattempo si era alzato anche lui, andò da Massimo e gli mise una mano sulla spalla.

«Massimo, scusa sai, ma intanto che passano gli attimini a me mi si vuota il ristorante. Da ieri mi hanno già disdetto dodici prenotazioni, e visto che si parla di avvelenamento da piombo qualcuno si è anche messo a fare dell'ironia sull'età delle tubature del resort. A parte il fatto che la camera da letto del biecorusso è stata sigillata col nastro rosso e i cartelli della polizia, e io mi sento male a pensare che ci sono degli ospiti, ormai pochi per carità, che tutti i giorni passano in quel corridoio. Io non mi posso permettere che mi vada a puttane anche questo posto. Prima si va da Fusco e prima gli si dice che al russo gli hanno avvelenato la sigaretta elettronica, e meglio è».

Massimo tacque. Di fronte a lui, gli anziani si erano schierati orgogliosi e compatti.

«Ragazzi, cosa vi devo dire. Siete grandi e pensionati. Ci si vede dopo».

Erano passate circa due ore e il bar vivacchiava ancora nell'attesa dell'aperitivo quando Ampelio e gli altri due ritornarono al tavolo sotto l'olmo, Ampelio con un foglio in mano e gli altri due con la rabbia in volto. Aldo, evidentemente, aveva scelto di tornare direttamente al ristorante.

«Eccoci» li salutò Massimo, che si era installato sotto l'olmo col portatile acceso e un panino gigante, che tracimava salmone affumicato da tutti i bordi. «Belle facce che avete. La prossima volta date retta a babbo Massimo, oppure mettetevi il pannolone di ferro, così evitate di farvi inchiappettare da Fusco».

«E te come lo sai?» chiese Pilade, piazzandosi sulla povera seggiolina.

«Perché so che Fusco vi ha detto che i filtri e il liquido contenuto nella sigaretta elettronica del biecorusso erano privi di piombo di qualsiasi tipo».

Ampelio si sedette al suo posto, torvo.

«Te l'hai fatto apposta» sentenziò.

Massimo, masticando, negò scuotendo la testa. Poi, una volta mandato il boccone in cantina, passò all'orale:

«Nemmeno per idea. È che mentre Aldo parlava mi sono reso conto che la cosa era impossibile. Quando uno fuma, o inala, la roba che si mette in bocca si scioglie nella saliva e viene deglutita. Così, vedi?».

Massimo dette un morso gagliardo al panone, lo masticò allegramente e buttò giù.

«Così, se uno fuma anche fra una portata e l'altra, quando poi si mette in bocca qualcosa di edibile» e qui Massimo dette l'esempio staccando un altro morso dal manufatto e continuando poi a parlare a bocca piena «'a sfvaivha shi meshco'a al cshibo, 'edi?».

Quindi, inghiottito il bolo a tutto vantaggio della comprensione, continuò: «Per cui, quando Aldo ha detto che il russo svaporava anche a tavola, ho pensato che era altamente improbabile che qualcuno gli avesse avvelenato il liquido della sigaretta. In questo modo, parecchio piombo si sarebbe dovuto trovare anche nel contenuto dello stomaco, no?».

Mentre Massimo parlava, vide le facce dei vecchi virare dall'arrabbiato al deluso.

«Ah» disse solo il Rimediotti.

«Ah cosa?» chiese Massimo.

«No, è che noi si penzava che il Fusco avesse solo fatto analizzare le fiale di liquido della sigaretta. Non si penzava che ci fosse anche un motivo, per dire così, biologico, ecco».

«Ragion per cui» disse Pilade andando su un italiano forbito, come faceva sempre quando riteneva necessario esporre le proprie linee di ragionamento investigativo «è plausibile supporre che l'avvelenamento non sia avvenuto nemmeno per bocca, tipo con pasticche o gomme da masticare o altro».

«Mah, così a intuito temo di no».

«Allora questo l'ho preso per nulla» disse Ampelio, posando sul tavolo il foglio, con stizza.

«Cos'è?» disse Massimo, smettendo di masticare.

«È l'elenco degli oggetti personali di Gorlucoso, lì» disse Gino, indicandolo con la mano. «Siccome s'era penzato che la polizia poteva essessi scordata di analizza' quarcosa, s'era preso per vede' se c'era roba che si poteva avvelena', in un modo o nell'artro...».

«Scusate, cosa avete fatto voi?».

«Ma nulla» tentò di minimizzare Ampelio «è che mentre s'era lì il Fusco è dovuto uscire un attimino, e mentre era fòri è arrivato questo fax direttamente nell'ufficio. Pilade n'ha dato una sbirciatina e ha visto di 'osa si trattava, e allora...».

«Avete fregato il fax?» chiese Massimo, inorridito.

Pilade alzò la mano, come se volesse giurare sui suoi stessi chili.

«Noi si voleva fotocopiare» disse solennemente. «La fotocopiatrice der commissariato è la stessa che usavo io in Comune vent'anni fa. Si faceva veloce. Però de', ir Fusco ti va a rientra' in ufficio propio mentre lo mettevo nella fotocopiatrice, e allora m'è toccato rimpiattammelo 'n tasca. 'Un è mìa corpa nostra se quell'omo è efficiente solo quando va a piscia'».

Subito dopo che Pilade ebbe terminato, all'interno del bar suonò il telefono. Massimo si alzò con estrema lentezza.

Giunto all'apparecchio, lo sollevò in modo delicato e rispose:

«Il BarLume. Non è un buongiorno».

«Viviani?» chiese in modo acido dall'altro lato della cornetta l'inequivocabile voce di Fusco. Massimo respirò a fondo.

«È un fatto, sì. Ma da un punto di vista genetico sono parente di mio nonno solo per il venticinque per cento, che per quanto mi riguarda è anche troppo. La pregherei di tenere conto della cosa, prima di dirmi quello che sta per dirmi».

Ci fu qualche attimo di silenzio, prima che la voce di Fusco risuonasse, ancora più livorosa.

«Circa mezz'ora fa, il comando della Scientifica mi ha avvisato di aver inviato un fax con le informazioni relative agli oggetti rinvenuti nella stanza del Gorlukovich. Questo fax nel mio ufficio non è mai arrivato. Ho sollecitato l'invio e la Scientifica mi ha risposto che mi era stato già mandato, alle sedici e trentadue precise». Fusco sospirò come chi rimpiange i bei tempi delle segrete e della tortura. «Adesso, le ipotesi sono due. O il mio fax ha smesso di funzionare in un arco di tempo estremamente circoscritto, esattamente mentre suo nonno e i suoi compagni di merende erano nel mio studio da soli, oppure...».

«No, la seconda che stava per dire. Ho il foglio che dice qui davanti. La stavo per chiamare io».

«Potrebbe riportarmelo, per cortesia? Vorrei evitare di dover richiamare un ufficio per farmi rimandare il fax e dovergli spiegare che nel mio commissariato circolano liberamente dei vecchi che si sentono in diritto di fregare tutto quello che non è inchiodato al pavimento».

Incredibile, come la voce di Fusco desse l'impressione di avere a che fare con un tappo anche per telefono.

«Non è possibile. Da una moglie puoi divorziare, e lo so. Il babbo lo puoi fare interdire. A patto che tu sappia chi è, certo... e nel mio caso sarebbe un casino, d'accordo. Ma liberarmi di mio nonno non è possibile. E perché? Perché ha il diritto di entrare in un pubblico esercizio. Lui, e quelle altre tre ganasce abusive. Ma dimmi te se è giustizia...».

Dato che l'ultima volta in cui aveva attraversato la pineta Massimo ci aveva lasciato un legamento, per arrivare in commissariato aveva deciso di incamminarsi a piedi lungo la strada principale. Così non doveva fare caso a dove metteva i piedi e poteva dedicarsi al suo passatempo preferito, ovvero parlare da solo. Da qualche tempo, grazie all'avvento della tecnologia, aveva scoperto che poteva farlo impunemente in mezzo alle persone grazie all'auricolare Bluetooth che si era comprato appositamente per evitare di passare per pazzo; purtroppo, dopo averlo comprato, Massimo dimenticava regolarmente di metterselo (anche perché continuava a non possedere un cellulare) e quindi continuava serenamente a passare per pazzo quando si metteva a parlare da solo. Come ora.

Mentre parlava, Massimo camminava più o meno a passo di marcia; e, a causa dell'andatura sostenuta, a un certo punto una folata in senso contrario gli aprì il foglio che teneva in mano, piegato a metà.

Ora, Massimo era in grado di resistere a molte tentazioni: ad alcune con facilità, ad altre meno. Ma una offerta che non era assolutamente in grado di rifiutare era quella di un testo scritto. Di qualsiasi tipo – ingredienti di merendine, istruzioni di macchinari intuitivi, bugiardini di medicinali. Una volta, quando era ancora sposato, la sua ex moglie lo aveva convinto a imbiancare la casa, e per prima cosa si erano messi a proteggere il pavimento con dei giornali vecchi, lui in camera e lei in cucina. Mentre la maiala aveva fatto in trenta secondi, Massimo ci aveva messo circa una mezz'oretta; il fatto è che ogni pagina conteneva almeno un articolo che appariva interessante, e se Massimo incominciava a leggere qualcosa lo doveva finire.

Anche in quel caso, ritrovandosi in mano il foglio aperto, si ritrovò automaticamente a compitare:

«Beauty-case marca Louis Vuitton... crema ristrutturante al coenzima Q10... rimmel marca Helena Rubinstein... fondotinta Shiseido... rossetto marca Guerlain con astuccio in oro... tutta roba che te la regalano... crema idratante... crema defatigante contorno occhi... crema notte... e quanta roba c'è... questa non è una donna, è una tavolozza... Neutrogena Ultra Sheer... fattore di protezione 100... ci credo, son russi... questi si scottano a sentirne parlare, del sole... crema marca NippleNatLook... non ci credo... questo è un fondotinta per i capezzoli... Per cortesia...».

Va bene che Massimo leggeva tutto, ma anche a questo tutto c'era un limite.

Arrivato in commissariato, Massimo venne fermato dall'agente Pardini.

«Il dottore sta conferendo con una persona. Può attendere qui».

Ma, quasi subito, la porta dell'ufficio si aprì, e ne uscì una gran bella donna. O, meglio, una che qualche tempo prima doveva essere stata una gran bella donna. Alta, flessuosa, felina, portamento elegante, con la pelle olivastra brunita dal sole su cui risaltavano due occhi verde acqua. Peccato che un chirurgo dalla mano pesante avesse decorato il petto della signora con due bocce semisferiche palesemente assurde, che rimanevano immobili e indifferenti al ritmo del tacco dodici, e che nel rimpinzare di silicone le labbra avesse ecceduto un tantinello. Un'altra bella ragazza trasformata in mascherone.

Sommando l'aspetto, l'incedere, i vestiti che aveva addosso e il fenotipo decisamente caucasico della signora, non era troppo difficile identificarla.

Mentre Massimo la guardava uscire, chiedendosi se anche le chiappe della signora fossero o meno naturali, l'agente Pardini gli fece cenno di entrare. Cosa che fece, trovando il Fusco in piedi accanto alla scrivania.

«Buongiorno...».

«Buongiorno, Viviani. Prego. Mi ha portato...».

«Ecco qua».

E Massimo porse il foglio al commissario, che lo prese.

«Grazie. Mi scuso di averla fatta aspettare, ma stavo parlando con la vedova della vittima».

«Quella che sembrava un canotto abbronzato, vero? Difficile non notarla».

Mentre Massimo si voltava di nuovo verso la porta, rimasta aperta, Fusco andò a posare il foglio sulla scrivania, accanto al sottomano di pelle.

«Fino all'ultimo, eh?» chiese Fusco, guardando il foglio.

«Come?».

«Fino all'ultimo, intendo, suo nonno e i suoi compagni di merende hanno scambiato questo posto per il loro giocattolo. Guardi, ora no, perché ora sono ancora parecchio incavolato...» Fusco fece una pausa sincera «ma non mi sorprenderei se tra qualche tempo ne dovessi provare nostalgia».

Massimo, continuando a guardare verso la porta aperta con occhi vagamente inebetiti, non rispose.

«Però» continuò il Fusco sedendosi «quasi quasi mi aspettavo che anche stavolta lei mi suggerisse la soluzione, devo essere sincero. Che entrando da quella porta mi dicesse dove era il caso di andare a guardare. Mi dispiace un po', devo dire, rientrare nella normalità...».

«Le dispiace?» chiese Massimo, come risvegliandosi. «Non c'è problema. Ha un attimo di pazienza?».

«E sicché via, anche stavolta s'è imbroccata» disse Ampelio, mentre posava la tazzina.

«S'è imbroccata una sega. L'ho imbroccata» disse Massimo, levandola dal bancone e mettendola nel lavandino. «Voi avete dato il vostro valido aiuto di impiccioni, ma senza babbo Massimo non andavate da nessuna parte».

«Io però vorrei sape' come t'è venuto in mente» disse il Rimediotti, facendo emergere il periscopio da sopra il giornale.

«Semplice. Proprio grazie a voi». Massimo cominciò a caricare il cestello della lavastoviglie. «Mentre andavo da Fusco, ho visto l'elenco degli effetti personali trovati in camera, con tutti i trucchi e la roba della moglie. E c'era questa cosa che mi aveva attirato l'attenzione, ma così, in modo neutro. Poi, quando sono arrivato da Fusco l'ho vista di persona, la moglie».

«Ekaterina Semionova» compitò il Rimediotti, immergendosi di nuovo sotto il giornale. Accanto a lui, Ampelio si sporse a guardare la foto della donna, che compariva accanto a quella del defunto marito in tutto il suo artificiale splendore.

«Mah, seminòva...» commentò. «A me mi sembra parecchio usata. Guardalì quanti tagliandi ha fatto».

«Vedi anche te che c'era qualcosa che non tornava. Cosa se ne faceva, una così scura di pelle, di una crema solare a protezione cento? Doveva essere per forza del marito, no?».

Massimo inserì il cestello nel mostro e premette il pulsante. Dopo che il mostro fu partito, prese una sigaretta e se la accese. Sì, anche se siamo dentro. Oggi, si fa uno strappo alla regola.

«Ma allora» continuò, dopo aver sbuffato una nuvoletta di smog «perché il marito la sera a cena, come mi aveva detto Aldo, era rosso e tutto irritato sul collo e sulle spalle? Come faceva a essersi preso quella razzata, se aveva usato una roba a protezione totale che non userebbero nemmeno i neonati?».

«De', poteva anche dassi che 'un se la fosse data...».

«E invece se n'era data un po' troppa» disse Aldo, avvicinandosi al bancone con indifferenza. «Vedi, se non c'ero io te eri sempre lì a ragionare. E invece t'ho fornito un indizio vitale. E sicché la pelle era rossa per via del piombo?».

«Esattamente». Massimo tolse le sigarette dal bancone, e Aldo tornò a sedersi. «Il piombo tetraetile è uno dei pochi veleni che è in grado di attraversare la barriera cutanea. L'ho scoperto proprio l'altro pomeriggio, su Internet, mentre voi eravate da Fusco. Velenoso, e irritante. Dà rossore e prurito, sul fuori. Sul dentro...» Massimo tracciò una croce nell'aria, e poi la salutò.

«E lei ha confessato così, d'emblée?».

«Esattamente».

Stavolta, a voltare la testa furono in cinque. Mentre la porta a vetri si chiudeva per inerzia, il commissario Fusco si avvicinò lentamente al bancone.

«Esattamente, signori miei. Capita, a volte. Specialmente quando uccidi un cittadino russo che è sospettato di traffico di armi, e che a quanto hai sentito al telefono vorrebbe incominciare a trafficare anche in donne».

Fusco, in risposta alla muta domanda di Massimo, annuì. Massimo andò alla macchina espresso e cominciò ad armeggiare, con le orecchie ritte.

«Allora, a un certo punto decidi che non ne puoi più, e che a tutto c'è un limite. Solo, così facendo ti fai dei nemici. E l'ultima cosa che vorresti è di andare in galera in Russia, dove oltretutto saresti un bersaglio mobile, perché qualcuno degli amici del tuo fu marito potrebbe non averla presa bene. La galera in Italia tutto sommato credo sia un po' meglio. Se io fossi un magistrato, e non lo sono, intendiamoci, ma se io fossi un magistrato in cambio di un po' di collaborazione probabilmente sarei disposto a negare l'estradizione. E anche brigare per ottenere un pochettino di sconto sulla pena, credo. Grazie».

Fusco, dopo aver mescolato il caffè, se lo degustò con cura, nel silenzio. Quindi, posata la tazzina, si alzò.

«Bene, signori. Come sapete, fra qualche giorno verrò trasferito a Firenze. Colgo quindi l'occasione per salutarvi, nella certezza che riserverete al mio successore un trattamento un po' più riguardoso».

«Perché, sennò ci arresta?» chiese Pilade, ridacchiando.

«No» disse Fusco, sorridendo. «Perché siete dei galantuomini, e sapete tutti molto bene come ci si comporta con una signora. Signori...».

E, con un lieve sbattere di tacchi, il Fusco si congedò.

«Una signora?» chiese il Rimediotti, incredulo. «Cioè, il prossimo commissario sarebbe una donna?».

«Così pare» disse Massimo. «E magari, se ha un po' di culo, dovrà trattare solo risse e furti d'auto. Visto che coi sacrifici umani ormai siamo sopra le quote europee, un po' di bonaccia non sarebbe male».

«Mamma mia che robaccia...» disse Pilade, senza specificare se si riferiva al genere di reato o al genere del nuovo commissario. «Via, bimbi, partitina?».

«Vai, è meglio. Gino mòviti, che poi sennò Aldo cià da anda' a lavora'».

«O giù...» disse il Rimediotti. E, piegato il giornale, lo appoggiò sul tavolo.

Il giornale rimase lì, indifferente, mostrando al mondo solo l'inizio della prima pagina, col titolo scritto a caratteri cubitali.

UCCISO COL PIOMBO NELLA CREMA SOLARE

Svolta nel mistero di Villa del Chiostro,
gli inquirenti arrestano la moglie della vittima.

La tombola dei troiai

«"... la parte denominata quota variabile è rapportata alle quantità di rifiuti, al servizio fornito e all'entità dei costi di gestione. A differenza della quota fissa, l'entità..."».

Sulla sua seggiola preferita, il basco ben calcato in testa, il Rimediotti stava leggendo a voce alta da un foglio piegato in tre, con tutto l'aspetto di una bolletta; intorno a lui, gli altri vecchietti lo seguivano con la distratta attenzione da ventotto dicembre, giorno tradizionalmente riempitivo e privo di significato. Dietro il banco, chino sul tagliere, Massimo stava operando un limone con calma concentrata.

Il Rimediotti si interruppe, dette due o tre colpi di tosse e li fece seguire da un rumore preoccupante, a metà fra una tela strappata e un frullatore. Non che fosse raffreddato, intendiamoci; il Rimediotti questi rumori li faceva anche d'agosto. Ma, se fosse stato costipato in qualche modo, avrebbe avuto le sue brave ragioni: il Natale, quell'anno, aveva deciso di presentarsi in adeguate condizioni climatiche, e da una settimana faceva un freddo assurdo, punteggiato qua e là da sporadici tentativi di nevicata. Fiocchi rari, che provavano di quando in quando a farsi vedere, inadeguati come turisti in infradito a dicembre e destinati a squagliarsi tra gli aghi dei pini senza nemmeno attecchire.

«"... l'entità di detta quota variabile"» continuò il Rimediotti, dopo essersi liberato l'ancia «"è in funzione del numero degli occupanti, e viene stabilita coi criteri seguenti: per la civile abitazione..."».

«Per la civile abitazione cimportaunasega» lo interruppe Massimo, senza alzare la testa. «Nonostante siano dieci anni che siete convinti che qui sia casa vostra, questo posto continuerebbe ad essere un bar, anche se solo per la legge».

«Ìmmei quanto sei impaccioso».

«Abbi pazienza, Gino, ma ha ragione ir bimbo. Vai a una parola a stagione» concesse Pilade. «Se ti metti anche a leggere le parti inutili addio».

«Io vorrei sape' che fretta ciai, anche te» rispose il Rimediotti cercando con il dito il punto per ripartire. «Si vede hai paura ti si freddi la lapide. Allora, eccoci. "Per le utenze non domestiche sono stati assunti i valori medi dei coefficienti definiti dalle tabelle 3ª e 4ª del dippierre numero centocinquantotto barra millennovecentonovantanove". E cosa vor di'?».

«Eh, che vuol dire» rispose Massimo, continuando a sbucciare. «Vuol dire che le tasse del duemilatredici, cioè i soldi che gli devi dare in un momento di crisi, te le calcolano in base al flusso di clienti che avevo nel novantanove, quando il bar era sempre pieno».

Finito di scuoiare l'incolpevole frutto, Massimo ne prese un lembo di pelle e lo annegò dentro una tazzina, tanto per essere sicuro. Quindi, presa la tazza, la mise sul bancone con delicatezza.

«Ecco qua, ponce a vela per Annacarla. Bello caldo».

Annacarla Boffici, portalettere ufficiale del paese, detta la Postona in virtù di un culo che faceva provincia e di un peso ufficiale di centosedici chili netti, rivolse a Massimo un sorriso da gatta soddisfatta.

«Basta tu 'un me l'abbia anche avvelenato» disse, prendendo in mano la tazzina con un sorriso bello pieno. «Io 'un c'entro nulla. Ambasciator non porta pena, lo sai vero?».

«Ci mancherebbe» disse il Rimediotti con autentico spirito di corpo. «E quindi come si càrcola, questa tassa?».

«Secondo statistica» spiegò Massimo. «Siccome nei bar transitano di media tot persone per metro quadro al giorno, e siccome una persona produce ics chili di mondezza al giorno, allora a te che hai un bar da cinquanta metri quadri più settantasette di resede esterno ti tocca pagare, che il Loro Signore li elettrifichi, millenovecentosettantaquattro euro di tassa sui rifiuti da dividersi in due comode rate semestrali».

«A me mi sembra parecchio un'ingiustizia, però» solidarizzò Gino. «Ma cosa ne sanno loro di cosa conzuma e butta via uno a casa sua? C'è gente che riutilizza anco la carta igienica, e deve paga' come uno che butta via le 'ose a mezzo? A me 'un mi sembra mìa punto regolare».

«Io, per esempio, 'un butto via nulla» approvò la Postona.

«E si vede, 'un ti preoccupa'» si inserì Ampelio indicando al di sopra dello sgabello su cui stava sofficemente adagiata la donna. «Capace a casa tua 'un c'è nemmeno la lavastoviglie».

«C'è, c'è» rimbeccò la Postona. «Ci lavo i cortelli. E tu vedessi come sono affilati, taglierebbero l'uccello a un vecchio. A proposito, Ardo, se stasera passo dal ristorante ti posso fa' vede' una cosa?».

«A proposito di cosa?» rispose Aldo, calcando la pausa prima del proposito.

«A proposito di cortelli, imbecille» replicò la Postona, senza riuscire ad evitare un lieve rossore sulle gote non imputabile al ponce.

«Vaivai Ardo, hai beccato» ridacchiò Pilade. «Stasera il ristorante apre tardi».

«Abbi pazienza, Annacarla» rintuzzò Aldo, sorridendo. «Sono dei grezzi. Io sono lì dalle sei».

«De', e gli ce ne vorrà parecchia, di pazienza, povera figliola» rimbeccò Pilade. «'Un ciai mica più vent'anni, sai».

«A lui invece ni ci vorrà l'esploratori» aggiunse Ampelio convinto di parlare a voce bassa, cosa di cui era fisiologicamente incapace «sennò prima di trovalla costaggiù...».

La Postona finì il ponce in un ultimo sorsetto, posando poi la tazzina sul piatto con distacco imperiale.

«Io posso sempre dimagri'» disse, scendendo dallo sgabello. «Te, caro ir mi' pipistrello, ottanta e fischia sono, e per bene che ti va peggiori». Annacarla si rimise il giubbone prima di inoltrarsi nel vento mattutino di dicembre. «Allora alle sei, Ardo?».

«Verso le sei andrebbe benissimo».

«Perfetto. A dopo».

E, uscita, montò sullo scooter, facendolo sparire sotto un viluppo di gonne per poi partire subito dopo alla guida di un motomezzo fantasma, apparentemente portata per magia dal solo parabrezza.

«Pipistrello?» chiese Ampelio. «O cosa ci 'ombina, pipistrello?».

«È un uccello» rispose Pilade, con tono calmo e rassegnato. «Un uccello che pende all'ingiù».

«"... nella serata, intorno alle nove e mezzo, la macabra scoperta da parte della moglie del Corinaldesi stesso, che non avendo visto il marito rientrare a casa dal lavoro si è recata in negozio per trovarne il corpo, riverso senza vita sul pavimento. Sotto di lui, la moquette intrisa di sangue fuoriuscito in seguito alla ferita sotto l'ascella: ovvero l'unica ferita rinvenuta sul corpo della vittima, ma più che sufficiente per causarne la morte per dissanguamento, come accertato dagli esami di medicina forense"».

«Morto per una ferita al braccio?».

Da dietro il giornale, il basco del Rimediotti oscillò con anziana lentezza.

«To', dice di sì». Il basco si protese in avanti. «C'è anche l'intervista ar patologo. "Il danno all'arteria causa della morte. Intervista col professor Saronni. La recisione di un'arteria principale, anche in zone apparentemente periferiche, è più che sufficiente per causare una perdita di sangue letale. Antonello Saronni, professore ordinario di fisiologia dell'Università di Pisa, è categorico. In questo caso, continua il cattedratico, il colpo ha reciso l'arteria profunda brachii, un ramo dell'arteria succlavia, che percorre il braccio lungo la superficie interna fino alla fossa cubitale". O cos'è la fossa cubitale?».

«Questa qui, guarda» tradusse Massimo, facendo emergere da sotto al bancone due braccia che si produssero in un vigoroso gesto dell'ombrello, con tanto di schiocco.

«Certo sei signorile».

«È lo stesso gesto che vi farà il nuovo commissario quando andrete da lui per tentare di intromettervi in questa storia». Massimo continuò a parlare da sotto al bancone. «Tanto l'ho capito dove volete andare a parare, care le mie anche al titanio».

«E te cosa ne sai?».

«Cosa ne so? Nulla». La voce di Massimo continuò ad arrivare dall'oltrebanco. «Primo, quel giornale che state leggendo è "La Nazione", mentre io compro sempre "Il Tirreno". Secondo, quel giornale è di ieri. Ora, per quale motivo state leggendo "La Nazione" vecchia di ieri, visto che io non sono Zio Paperone e "Il Tirreno" lo compro tutti i giorni? Sarà mica per vedere se sul fatto vi è sfuggito qualcosa?».

Sborniati.

I vecchietti tacquero per un attimo. Poi, con nobile indifferenza, Aldo si rivolse al Rimediotti:

«Vai vai, Gino, per favore».

«“La natura del trauma, inoltre, ha aiutato. La ferita ha un aspetto superficiale edematoso ed è di tipo lacero-contuso, come se il colpo fosse stato inferto con un oggetto non molto affilato, ma con grande violenza. Questo ha causato un danno esteso a livello dell'arteria, rendendo estremamente rapido il deflusso del sangue, il che ha presumibilmente determinato una veloce perdita di coscienza del soggetto ferito, e conseguente decesso per dissanguamento”».

«Ma senti lì» commentò Pilade. «Un taglio al braccio e tiri ir carzino. Certo è tigna».

«Eh òh, pare di sì. “Una ferita anche di lieve entità, conclude il professor Saronni, se recide arterie in zone dove il sangue transita in quantità ingente, come nella zona dell'arteria femorale, all'interno delle gambe, può facilmente rivelarsi fatale”».

«Ah, a me fra le gambe il sangue 'un mi ciarriva più da quel dì» ridacchiò Pilade. «Mica come Ardo, che qualche corpetto alle postine ogni tanto ne lo dà ancora».

«Guà, m'era passato di mente» rinvenne Ampelio. «Allora, com'è andata ieri colla Postona? Ce l'hai fatta a abbraccialla tutta?».

«Ma per cortesia. È che le è successa una cosa strana, improbabile, e visto che sa che di certe cose me ne intendo, voleva semplicemente il mio parere».

«O cosa n'è successo, di strano?» chiese Gino. «N'hanno chiesto di fa' un calendario?».

«Pol'esse'» ridacchiò Ampelio. «Sai, son tempi di crisi. Con la Annacarla fai tre mesi alla vòrta».

«Ha parlato Beckham» troncò Pilade. «Ora chetati e fai anda' avanti Ardo, per favore».

«Ma nulla. L'avete presente cos'è la tombola dei troiai?».

La tombola dei troiai era stata una delle pensate più efficaci di don Baldo Buccianti, il seminuovo parroco di Pineta, subentrato da un paio d'anni al mai troppo amato don Graziano Riccomini a seguito del pensionamento di quest'ultimo. Questo don Baldo era un gran brav'uomo, un prete coscienzioso e attivo e un lavoratore indefesso; tutte qualità che mancavano al suo predecessore, un ometto untuoso che dedicava all'amministrazione delle divine cose il minimo sindacale e trovava tempo per i fedeli al di fuori dell'orario d'ufficio solo quando, con innegabile zelo e puntiglio, confessava le adolescenti o le mogli fedifraghe.

Don Baldo, come uomo, aveva come unico e perdonabile vizio terreno il calcio: vizio che da prete si concretizzava, oltre che in una fervente e cromaticamente adeguata passione per la Fiorentina, nell'organizzazione continua di tornei, campionati e partitelle fra parrocchie. Ma, in realtà, don Baldo era un instancabile organizzatore di ogni genere di eventi atti ad attirare e far interagire le pecorelle della propria parrocchia.

La tombola dei troiai funzionava in questo modo: il ventisei dicembre, previa iscrizione in apposito foglio volante appeso al portone della chiesa, ci si presentava in parrocchia con in mano un pacco regalo incartato di fresco. Il pacco conteneva, per l'appunto, un troiaio; ovvero, il regalo più ingiovibile ricevuto per Natale. Bricchi di porcellana con uccellini al posto del beccuccio, cornici di silverplate, libri fotografici sui fossi di Livorno e simili altre concretizzazioni del Brutto venivano consegnati, uno per partecipante, al parroco, che vi appuntava sopra un numero; dopodiché si andava a cena, tanto per mantenere la ganascia in esercizio per Capodanno. Alla fine della cena, dopo aver distribuito ad ognuno un biglietto al modico ed obbligatorio prezzo di euro dieci, don Baldo procedeva all'estrazione; in questo modo, ogni partecipante poteva vincere un troiaio diverso da quello avuto in dono e portarlo a casa, per così scartarlo e ridere con i propri familiari del pessimo gusto degli amici di qualcun altro.

«E cos'avrebbe vinto la Postona, alla tombola dei troiai, che ti voleva fa' vede'? Un libro di cucina vegana?».

«No, anzi. Un tagliacarte. Un tagliacarte in argento ed avorio. A giudicare dalla finta guancetta e dall'invito della bisellatura, credo che si tratti di un pezzo inglese di fine '800».

Pur ignorando felicemente che cosa cacchio fosse una bisellatura, Pilade colse il punto:

«Ah. Una cosa di valore, via».

«Esattamente. Qualche migliaio di euro, come minimo».

«Alla grazia. E l'hanno portato alla tombola dei troiai?».

«Giustappunto. È quello che non torna nemmeno alla Postona. Chi si libera di un oggetto del genere?».

«Uno ricco?».

«Probabile» intervenne Massimo. «D'altronde è noto che la tombola parrocchiale di don Baldo è frequentata dai più bei nomi del jet-set. Credo che ci abbiano anche visto Briatore, l'anno scorso. Uscito di qui, è andato subito in parrocchia».

«Uno che non aveva idea di cosa fosse?».

«Già meglio» approvò Aldo, guardandosi intorno. «Il che comunque ci porta a qualcuno che regala tagliacarte in argento a un parrocchiano di don Baldo».

«Plausibile» intervenne Pilade. «L'avvocato Pasqualoni, per esempio, va a messa tutte le mattine».

«Piucchealtro l'avvocato Pasqualoni dovrebbe andassi a confessa' tutte le sere» commentò Ampelio. «Tanto è una merda per scherzo».

«Mi sembra poco probabile» disse Aldo, sporgendo il collo al di là del bancone. «Sai, fra persone che s'intendono di antiquariato più o meno ci si conosce tutti. Non ce li vedo, quelli di cui so, a fare certi regali, ora come ora. Massimo?».

«Presente».

«Ce l'avresti mica una sigaretta?».

Massimo aprì il panciotto e controllò il contenuto della tasca della camicia.

«Sì, ce l'ho».

E, mentre Aldo lo guardava, si riabbottonò il panciotto con indifferenza.

Dopo un ulteriore sguardo, Aldo ammiccò e riprese:

«Insomma, non mi torna tanto. E poi non mi sembra un oggetto in condizione di essere regalato. Ha qualche macchiolina, e ha un aspetto opaco. Si vede che non è stato preparato ammodino, prima. Se io volessi...».

«Aldo, scusa» lo interruppe Pilade. «Ma questo tagliacarte qui è parecchio affilato?».

«Ma cosa vuoi che sia affilato, Pilade». Aldo prese un cucchiaino dal bancone. «Taglierebbe di più questo oggetto qui. È un temperino per aprire le buste. L'avrai usati anche te, quand'eri in Comune, quella mezz'ora all'anno che lavoravi».

«Ah». Pilade, stranamente, sembrava soddisfatto. «Senti un po', Gino...».

«Dimmi» rispose il Rimediotti, mentre Massimo provava la strana sensazione di sentirsi mancare la pedana sotto i piedi. «Ma sur giornale lo dìano mica se l'arma del delitto è stata ritrovata?».

«Voi siete scemi».

«Ma perché, 'un ti sembra possibile?».

Prima di rispondere, Massimo passò lo strofinaccio sul tavolino davanti a Pilade.

«Ragazzi, visto che lo dite anche voi che il sangue in certe zone del corpo non vi ci passa più, sarebbe il caso di farne arrivare un pochino anche al cervello, ogni tanto. Per cui, ribadisco: secondo me, siete scemi».

«To', mi sembri» rispose Ampelio, indicando il nipote col bastone. «Vòi esse' te l'unico intelligente al mondo? A me mi sembra parecchio plausibile».

Massimo rimise a posto il portatovaglioli e si sedette davanti a Pilade.

«Fammi capire: secondo te qualcuno, dopo aver ucciso questo tizio, questo...».

«Corinaldesi».

«Questo Corinaldesi, riesce in qualche modo a nascondere l'arma del delitto al posto di uno dei regali della tombola dei troiai. Poi la Postona va alla tombola dei troiai e vince l'arma?».

«Esatto. Pole esse' andata solo così».

«Ho capito. E allora cosa vorreste fare?».

«De', ir nostro dovere. Si va dar commissario a dinni tutto».

«Ho capito. Datemi solo un attimo».

E, alzatosi dalla sedia, si diresse nel retrobottega.

Da qui, dopo qualche secondo, si sentì con chiarezza la voce di Massimo.

«Sì, pronto, sono Massimo Viviani del caffè BarLume. Vorrei parlare con il signor commissario».

Seguì qualche istante di intensità non recepibile.

«No, no, non importa» riprese Massimo. «Riferisca pure lei, non stia a disturbarlo. Tra qualche minuto, se nessuno li arrota sulle strisce, dovrebbero arrivare in commissariato quattro anziani signori per esporre al commissario una loro squinternata teoria su di un fatto criminoso avvenuto nei giorni scorsi. Vorrei fare presente che si presenteranno di loro spontanea volontà, che io ho fatto di tutto per dissuaderli, e che non sono in nessun modo responsabile di quanto vi diranno».

Silenzio più breve.

«Sì, solo questo» terminò Massimo. «Grazie. Sì, anche a lei».

Un'oretta e mezzo dopo, i vecchietti tornarono; in formazione ridotta, visto che Aldo era dovuto andare al ristorante, e con l'aria tranquilla e soddisfatta.

«Allora, bimbi? Vi hanno rilasciato anche stavolta?».

«E con tanti complimenti» rispose Pilade. «Perché vedi, Massimo, la gente 'un è tutta come te, che se le 'ose 'un vengono in mente a te allora devano esse' sbagliate per forza».

«Ne sono lieto. Allora, cosa vi ha detto?».

«Innanzitutto, prima di dicci quarcosa c'è stata a senti'. Poi s'è fatta spiega' ammodino come era fatto questo tagliacarte e ha telefonato alla Postona chiedendo di portagliello».

«E poi» disse il Rimediotti, annuendo sapiente «ci ha affidato un compito. Un compito delicato».

«Addirittura. E quale sarebbe?».

«Bisogna andare da don Baldo e dinni che quarcuno dev'essesi sbagliato e deve ave' messo nella tombola de' troiai un oggetto prezioso. Tutto questo, ovviamente, senza fa' cenno der fatto che con quest'oggetto cianno stempiato una perzona».

«Secondo voi» puntualizzò Massimo.

«Seòndo noi, vero» concesse Pilade. «Che comunque vì dentro siamo la maggioranza».

Mentre Massimo rimpiangeva i bei tempi in cui la maggioranza era silenziosa, Ampelio riprese la parola:

«A ogni modo, visto che domani è domenica, la cosa naturale è che don Baldo nella predica, o ner bollettino, dica a' parrocchiani che quarcuno s'è sbagliato e ha portato alla tombola quest'oggetto, e che chi ritiene di poter ave' fatto quest'errore si presenti da lui e ni descriva l'oggetto, in privato. A questo punto, se quarcuno si presenta da don Baldo e rionosce il tagliacarte, è ovvio che questo quarcuno c'entra quarcosa».

«E se non si presenta nessuno?».

«E se non si presenta nessuno è la prova definitiva» chiosò trionfalmente Ampelio. «Vor di' che l'assassino s'è reso conto che s'è scoperto l'arma der delitto, e che quindi ci s'aveva ragione noi. E allora a quer punto possano parti' le indagini sur serio».

«Capisco» approvò Massimo. «Un po' come facevano nel medioevo per scoprire le streghe. Si mette una strega a testa sott'acqua per cinque minuti: se sopravvive, è una strega e va condannata a morte. Comunque vada, sarà un successo. Anche questa seconda ipotesi è stata approvata dal commissario?».

«Via, giù, Massimo. È tarmente ovvio...».

Meno male. Comunque, gran pazienza e gran tattica, il nuovo commissario. Ascoltare, dargli importanza, calmarli, e così via. E intanto vedere di trovare una soluzione razionale. Senza rendersi conto che, nel caso in cui i vecchietti l'avessero trovato simpatico, se li ritrovava in commissariato anche il trenta di febbraio.

Erano circa le sei e venti di lunedì mattina; mentre fuori i festoni e le luci di Natale ondeggiavano al vento, e la condensa piano piano spariva dalla parte esterna della porta a vetri, Massimo si stava gustando il suo quarto d'ora quotidiano di pace e contemplazione della «Gazzetta», godendo del calduccio del suo bar in contrasto al freddo bestia che si intuiva fuori.

Completamente rilassato, l'ex dottor Viviani si stava aggiornando sulle fondamentali novità nel mercato di riparazione del Toro quando qualcuno bussò alla porta a vetri.

Massimo alzò la testa, e l'immagine che vide confermò la sua prima impressione auditiva che si trattasse di un rompicoglioni. O, meglio, di una rompicoglioni.

Gonna lunga da fricchettona sotto un giaccone abbottonato fino al mento, abbinata a stivali pseudomilitari di quelli alla prossima moda, mezzi guanti di lana in stile finto povero e berretto da Babbo Natale con tanto di pompòn che le sbatacchiava in faccia per via del vento; sicuramente, una fuoriuscita da un rave o da qualche altro passatempo inutile alla ricerca di un caffè triplo per mitigare, almeno temporaneamente, l'effetto coordinato di alcol e acidi vari e riuscire così a tornare a casa indenne.

Il bar è chiuso, disse Massimo con un gesto.

E allora aprilo, rispose la rintronata mimando il gesto della chiave.

Apre alle sei e mezzo, rispose Massimo indicando l'orologio.

Sono dieci minuti, via, rispose la fattona aprendo le mani con tutte le dita in evidenza, e poi allargandole, con mezzo viso nascosto dal pompòn.

A me me lo puppi, rispose Massimo col palmo della mano all'ingiù. E, mentre la ragazza restava interdetta, riprese la «Gazzetta» e si immerse nel rosa.

O, meglio, tentò di immergersi: perché dopo qualche secondo sentì nuovamente bussare, e alzando la testa vide che la tizia aveva avvicinato la faccia alla porta e appoggiato qualcosa sul vetro, scostandosi con decisione il pompòn dalla faccia. Un portafoglio aperto, con dentro una tessera.

Polizia, diceva la tessera.

«Un caffè?».

«Me lo fa lo stesso, anche se il bar è chiuso?».

«Be', oramai mi tocca aprire».

«Comunque no, grazie. Con la macchina appena accesa, il primo caffè della giornata verrà sicuramente uno schifo».

«Veramente, la macchina non si spegne mai».

«Ah no? E perché?».

«Perché se la spegnessi raffredderei l'acqua della caldaia, e questo favorirebbe la precipitazione del calcare. Già passo mezz'ora tutte le sere a pulirla, se poi dovessi mettermi lì a sminare ogni più piccolo anfratto, addio».

«Allora un cappuccino, grazie».

Massimo incominciò ad armeggiare da dietro la macchina del caffè, mentre la ragazza si sedette a un tavolino, evidentemente intenzionata a farsi servire.

«Credo di dovermi scusare» tentò Massimo, mentre montava la schiuma. «Mi avevano detto qualche tempo fa che il nuovo commissario era una donna, ma me lo ero scordato».

La tipa, con lo sguardo dentro la borsa, rispose acida:

«Perché, se non fossi stata un commissario sarebbe andato bene?».

«No, per carità» contrattaccò Massimo. «Però vede, signorina...».

«Commissario».

«Però vede, commissario, se uno che gestisce un bar non impara a gestire anche i rompiscatole non fa più vita. Credo che lei, col lavoro che fa, mi possa capire. In più, mi perdoni, non ho mai visto un commissario di polizia con il berretto di Babbo Natale».

La ragazza-commissario tolse lo sguardo da Massimo, portandolo sul pompòn, e giochicchiandoci per un momento. Dopo qualche secondo, sorrise.

«Sì, effettivamente sì. È che mi sono trasferita da poco, e sapendo che venivo in un posto sul mare la roba da montagna l'ho lasciata a casa. Questo è l'unico copricapo caldo che avevo per le mani». E, dopo aver messo il berretto nella borsa, si alzò dal tavolino, andando verso il bancone a mano tesa. «Alice Martelli».

«Massimo Viviani. Piacere».

Dopo la stretta, la commissaria tornò al tavolino, evidentemente intenzionata a farsi servire nonostante tutto. Proprio mentre la ragazza si accomodava, Massimo vide arrivare il garzone delle paste, che aprì la porta a vetri con la schiena e, dopo essere entrato, la chiuse con la massima fretta.

Massimo, appoggiando il cappuccino davanti alla commissaria, chiese:
«Qualcosa da mangiare, col cappuccino?».
«Perché no?».

«Allora, ieri sera sono stata da don Baldo, a chiedere se qualcuno si era presentato come possibile proprietario del tagliacarte».
La commissaria soffiò via lo zucchero a velo dalla sfoglia, prima di addentarla con attenta convinzione.
«E qualcuno si è presentato?».
«Nessuno» rispose, dopo aver ingollato. «Come era da immaginarsi, del resto».
«Ah. Per non essere accusato di qualcosa?».
«Diciamo di sì».
«Di furto, per esempio?».
La commissaria lo guardò, addentando la sfoglia con occhi divertiti.
«Mi avevano detto... scusi, eh...» glom, «mi avevano detto che lei non voleva interessarsi al caso. Anzi, è stato lei stesso a telefonare in commissariato, per specificarlo».
«Sì. È che ero convinto che mio nonno e quegli altri tre fossili ambulanti si fossero costruiti tutto nella loro testa. A questo punto, detesto ammetterlo, ma è evidente che mi sbagliavo».
«E come fa a dirlo?».
«Sennò lei non sarebbe qui a quest'ora».
Giusto, confermò la commissaria dando alla sfoglia il morso definitivo.

«Quindi, la polizia sa qualcosa che noi non sappiamo, e vuole muoversi in modo discreto ma tempestivo» continuò Massimo, dando un sorso al proprio caffè «e per questo motivo lei è venuta qui stamani mattina, per parlare con mio nonno e con quegli altri il prima possibile».

La commissaria, mentre annuiva, si pulì la bocca col tovagliolino.

«Esatto. A che ora arrivano, di solito, suo nonno e quegli altri?».

«Mah, verso le otto sono qui. A volte anche prima. Se intanto...».

«Li aspetterò. C'è un posto discreto dove parlare, senza essere disturbati? Senza che tutto il paese ascolti e venga a sapere?».

Massimo finse di pensare, per un momento.

«Be', se le va bene, c'è la sala biliardo. Praticamente la mattina la colonizzano loro. È anche insonorizzata. Sa, le bestemmie...».

«Perfetto». E, arraffata la borsa con un dinamismo non privo di eleganza, si diresse verso il biliardo. «Quando arrivano, potrebbe mandarmeli di là? Senza dire nulla, per cortesia».

«Certamente. Guardi che però, se vuole, intanto può aspettare anche qui».

«La ringrazio, preferisco stare tranquilla e riordinarmi un po' le idee, intanto che aspetto. D'altronde» aggiunse con perfidia «a lei certe cose non interessano, giusto?».

«Allora, signori miei, un breve riassunto».

Mentre Massimo, con il vassoio in mano, si richiudeva la porta alle spalle la commissaria, in piedi con le mani appoggiate sul piano del biliardo, si guardò intorno per assicurarsi di avere l'attenzione che meritava. Gesto inutile, dato che i vecchietti erano seduti a orecchie ritte, protesi come setter con davanti un documentario sui fagiani.

«La sera del ventisei dicembre il signor Renato Corinaldesi, farmacista, sposato, senza figli, è stato trovato morto nella propria farmacia. Siamo sicuri, da accertamenti medico legali, che sia stato ucciso all'interno della farmacia e che la ferita all'arteria che ne ha causato la morte sia stata inferta da un colpo di forza notevole vibrato con un coltello privo di filo, che ha strappato il camice e la camicia della vittima ed ha raggiunto l'arteria succlavia».

«Questo si sa tutti» ricordò Ampelio.

«Sì, certo, questo lo sanno tutti». La commissaria sorrise, con occhio volpino. «Però, sapete cosa c'è? Sono pronta a scommettere che ci sono cose che io so e che voi non sapete, e viceversa».

I vecchietti assentirono, piano piano.

«Allora, chi comincia?» chiese la commissaria, sempre sorridendo.

«Prima le signore, Diobòno» rispose Pilade, mentre Massimo gli posava davanti un cappuccino e una proibitissima pasta. «Saremo ciaccioni, ma siamo perzone educate».

La commissaria, sempre sorridendo, strinse lievemente gli occhi.

«Va bene» assentì. «Allora, Renato Corinaldesi è stato ritrovato morto alle nove e trenta dalla moglie, Patrizia. Sappiamo che era vivo alle sei e cinquantacinque minuti in quanto ha servito un cliente, e sappiamo che dopo le otto non ha risposto alle chiamate della moglie né alle varie scampanellate dei clienti della farmacia».

«De', è chiaro» ribatté Pilade. «La farmacia 'un era mìa di turno, ir ventisei dopo cena. Quer giorno lì tocca a quella di San Piero».

«Vero» ribatté la commissaria. «Però, anche se la farmacia era chiusa, l'insegna era rimasta in funzione, con la croce verde lampeggiante. E all'interno del negozio c'era una luce accesa, in magazzino. Questo ha indotto varie persone a pensare che la farmacia fosse di turno anche oltre le sette».

«Ultima persona a vederlo vivo?».

«La signora Francesca Perathoner, che è andata appunto alle sei e cinquantacinque a ritirare una medicina. Il farmacista era stato avvertito dalla guardia medica che una persona aveva bisogno di un dato farmaco per la sera stessa; il medico di guardia ha provato a telefonare a varie farmacie per chiedere chi lo avesse disponibile. Corinaldesi gli aveva risposto che ce lo aveva, e così la signora è andata a ritirarlo. E questo è quanto sappiamo».

«In realtà, sappiamo anche un'altra cosa» intervenne Massimo. «Sappiamo che il tagliacarte che le hanno portato questi giovanotti al contrario è l'arma del delitto, giusto?».

I quattro rizzarono le orecchie ulteriormente.

«Certo, sennò non sarei qui» ribatté la commissaria, senza dare a Massimo la minima soddisfazione. «Visto che nessuno si era presentato da don Baldo a segnalare l'errore, abbiamo pensato di fare qualche analisi. Il tagliacarte era stato pulito in modo molto sommario, c'erano ancora delle macchie di sangue visibili. E queste macchie sono proprio della vittima. Quindi, abbiamo anche l'arma del delitto. E non è poco, mi creda».

Quattro dentiere, col loro sorriso, irrisero Massimo.

«Mi scusi» disse Massimo, che era rimasto in piedi accanto alla commissaria. «Avrei due cose da chiederle, se posso, a questo punto».

«Mi dica».

«In primo luogo, se vuole il suo cappuccino, dovrebbe farmi la cortesia di allontanarsi dal biliardo. Scusi se mi permetto, ma basta un attimo di distrazione e al posto del panno mi ci ritrovo la mappa dell'Australia».

«E la seconda?» chiese la commissaria con un dente di meno nel sorriso, dopo essersi allontanata di un paio di metri.

«La seconda è: come mai viene a raccontare tutte queste cose a noi?».

«A noi una sega» precisò Ampelio. «Te 'un c'entri nulla».

La commissaria guardò Ampelio, sorridendogli come se pensasse peccato solo 'sti cinque decenni di differenza. Massimo volse il capo verso il nonno, con espressione giusto un tantino meno amorevole.

«Veramente, sareste nel mio bar. Son dieci anni che ce l'ho, lo dovreste sapere».

«Io so solo che ieri hai fatto tanto il furbo e avevi detto che 'un ne volevi sape' nulla» si inalberò Ampelio, fendendo l'aria col bastone. «Mancapòo fai finta d'un conoscecci nemmeno, e ora vieni fori coll'ombrellini da sole. Io se fossi in lei, signor commissario, finché c'è questo strusciamuri nella stanza 'un direi nulla».

«E farebbe male» disse Massimo, mettendo di fronte al vecchio un opportuno corretto allo stravecchio.

«E perché?».

«Perché io so chi ha ucciso il Corinaldesi».

«Prego?» disse la commissaria.

Ampelio scosse la testa.

«Già è convinto d'esse' Gesù» disse, guardando il bastone. «Se lo prega anche, è finita».

«So chi ha ucciso questo Corinaldesi» confermò Massimo. «O, meglio, l'ho dedotto».

«E da cosa lo avrebbe dedotto, scusi?».

«Me lo ha appena detto lei» assicurò Massimo, appoggiandosi al biliardo. «Grazie a quello che ha appena raccontato, mi ha dato una informazione che mi permette, unitamente ad un'altra osservazione che ho fatto, di individuare il canaglione con una ragionevole certezza».

«Sta scherzando?».

«No».

«Allora, mi dica» sorrise la commissaria. «Sono qui tutta per lei».

«Non sono sicuro di volerglielo dire».

«E perché?».

«Per due motivi. Primo, perché se glielo dicessi arrecherei a una terza persona, che so essere innocente e non coinvolta nel fatto, un considerevole danno. In secondo luogo perché, a livello giudiziario, è semplicemente un indizio. Un indizio che per me – Massimo si puntò l'indice contro –, per me che conosco la persona in questione, è una prova, ma che in tribunale susciterebbe, oltre a dei ragionevoli dubbi, delle grasse risate».

«Va bene. Me lo può dire lo stesso. Sapere chi è stato a commettere il fatto mi sarebbe di un certo aiuto nel trovare le prove contro di lui».

«Eh no, commissario mio» ribatté Massimo, oscillando il ditino come un metronomo. «Non funziona così. Sono le prove che costruiscono il colpevole, non il contrario. Se io le dico quello che so, creo un bias».

«Un cosa?» chiese Ampelio.

«Un bias» spiegò Aldo, rivolgendo il capo verso Ampelio. «Vuol dire che quello che Massimo sa, se lo dicesse, sarebbe in grado di influenzare le scelte successive del signor commissario. È un termine mutuato dalla psicologia cognitiva. Secondo Kahneman, quando...».

«Scusi, signor Viviani» partì la commissaria, chetando Aldo e meritandosi così ulteriore ammirazione da parte degli altri tre «si rende conto che così facendo ostacola le indagini?».

«Assolutamente» rispose Massimo. «Al tempo stesso, rallentandole, favorisco il risultato finale. Cioè, la giustizia. Perché se io adesso non le dico niente lei, libera da preconcetti, può lavorare in completa indipendenza e trovare da sola elementi che la convincano dell'identità dell'assassino. A quel punto, quello che so io si andrà a sommare a quello che sa lei, se il colpevole coincide, o le metterà dei dubbi, se non coincide. Gli stessi dubbi che potrebbero venire a una giuria. Però lei così li anticiperebbe».

Qui, dopo aver parlato, a Massimo venne il concreto dubbio di avere esagerato un po'. Va bene essere sicuri delle proprie conoscenze, ma una persona di capacità intellettive non eccezionali – come era il buon Fusco, ad esempio – di fronte a un discorso del genere avrebbe dato di matto. E Massimo, che era un razzista intellettuale, era convinto da parecchi lustri che una persona di intelligenza pronta non sceglierebbe mai volontariamente di fare il poliziotto.

La commissaria valutò per un momento le parole di Massimo. Poi, inclinando la testa, parlò:

«Allora facciamo così. Lei si tenga pure quello che sa, per il momento. Io, nel frattempo, porterò avanti l'indagine. Se tra due giorni non ho fatto progressi, torno qui e le chiedo formalmente di dirmi quello che sa. Se lei si rifiuta, la incrimino per reticenza. Le può andar bene?».

Be', messa così...

«Bene, allora siamo d'accordo» disse la commissaria. «Adesso, bimbi belli, tocca un po' a voi. Chi era, tanto per cominciare, questo signor Corinaldesi?».

I quattro vecchietti si guardarono, per un attimo.

«Il classico abitudinario» incominciò Aldo, con calma. «Dal lunedì al venerdì in farmacia, il sabato fuori in pizzeria con la moglie, la domenica a vedere il Pisa, e il giovedì sera al cinema. Tutti gli anni, per l'anniversario di matrimonio, invece che in pizzeria a cena fuori nel miglior ristorante di Pineta».

«Il suo» chiarì Pilade.

Aldo confermò, con un sorrisetto modesto.

«Un novello Kant, insomma» osservò la commissaria, stiracchiandosi. «Ricco?».

«Parecchio. Si presume».

«Mmh. Ricco, tranquillo, abitudini regolari. Una vittima ideale per un rapimento, non per un assassinio. Cos'è che ancora non mi avete detto?».

I quattro si guardarono nelle cataratte, presi alla sprovvista.

«Noi, in assenza der diretto interessato, non si vorrebbe parla' male di nessuno...» mentì Gino. Poi, dopo un secondo, guardò Pilade.

«Era uno strozzino» rispose Pilade, per tutti e quattro.

«Salute» rispose la commissaria. «Così sicuri?».

«Garantito» rispose Ampelio. «Come l'interessi che faceva lui».

«Quindi, proviamo a ricostruire la faccenda» disse la commissaria, seduta con le gambe incrociate sul bracciolo e con il quarto cappuccino della mattinata in mano, mentre Massimo si chiedeva se avesse intenzione di pagarli o se, viceversa, avrebbe momentaneamente abbandonato la divisa per entrare in parlamento un attimo prima di uscire dal bar. «Mettiamo che io sia, diciamo così, uno dei clienti del Corinaldesi, e vada in farmacia per parlargli. Magari compro qualcosa, se c'è qualcuno presente in farmacia, per non avviare sospetti. Poi ci mettiamo a parlare, e la discussione diventa brutta. Ma a un certo punto si vede che stanno per arrivare altri clienti. Cosa avrebbe fatto il Corinaldesi?».

«Ti avrebbe detto di andare via» disse Aldo.

«Se l'avevi pagato, sì» dubitò Pilade. «Sennò t'avrebbe detto d'aspetta' un momento».

«Ma io» continuò la commissaria «non lo posso pagare. Ho portato però qualcosa in pegno. Un oggetto prezioso, magari preso da una collezione di famiglia. Glielo voglio far vedere, e ho bisogno di farlo in privato. Cosa farebbe, a quel punto, il Corinaldesi?».

«De', ti direbbe d'aspetta' di là, nel retrobottega. Dove c'è le medicine».

«Ma è illegale» disse Gino.

«Anche esse' stupidi come te dovrebbe esse' illegale» disse Ampelio, indicando il Rimediotti col bastone. «Uno che presta i vaìni a strozzo seòndo te si perita a di' a uno d'anda' ner magazzino delle medicine?».

«Infatti, il magazzino delle medicine» continuò la commissaria, dondolando le gambe. «Esattamente il posto dove è stato ritrovato il corpo. Il che ci pone un problema. Ovvero, chi è stato ad ammazzare il Corinaldesi?».

«De', l'urtima perzona entrata in farmacia» provò Gino.

«Oppure la prima, che fra una discussione e l'artra è stata nascosta ner magazzino tutta la giornata» migliorò Pilade.

«Ad ogni modo, poco cambia» continuò la commissaria. «Quello che vi chiedo è: siamo d'accordo che chiunque sia stato a uccidere il Corinaldesi è uno che è entrato in farmacia nel pomeriggio e ha partecipato alla tombola dei troiai la sera?».

«Ovvio» rispose Aldo, dato che a quel punto era ovvio davvero.

«E allora, non resta che una sola cosa da fare. E per quella, ho bisogno di voi».

«Allora, signori» riprese la commissaria, estraendo dalla borsa una cartella, da cui tirò fuori alcuni fogli stampati al computer «partiremo dalle liste. La prima lista, eccola qua: è quella delle persone che hanno comprato qualcosa in farmacia».

«E chi ce la dà, Gesù?» chiese Ampelio.

«No, il signor Codice Fiscale. Chiunque entri in una farmacia oggi come oggi, se può, dà il codice fiscale per scaricare la spesa».

«Se compra un medicinale» si inserì Aldo. Ampelio e Gino, intanto, si erano impossessati con la massima nonchalance della lista e avevano abbassato gli occhiali, per ovviare alla totale assenza di cristallino.

«Certo. Abbiamo un elenco parziale, e da quello cominceremo. Ma» continuò la ragazza «abbiamo un elenco del numero di scontrini che sono stati battuti. Mancano sette persone. E qui entrate in gioco voi».

Eccoci, dissero le facce del quadrato.

«Per provare a completare l'elenco» continuò la commissaria, con quel tono indifeso e lievemente rauco che solo le donne sanno usare quando vogliono servirsi di un maschio, anche se l'unica cosa che desiderano realmente tirare su è la loro valigia dal pavimento dello scompartimento alla reticella «sarebbe bello se qualcuno di voi, nel corso della giornata, chiedesse con la massima tranquillità a chiunque entri nel bar, di quelli della lista, se è entrato in farmacia il giorno dell'omicidio. E, quando dirà di sì, chiedergli se per caso in farmacia ha visto qualcun altro, al momento di entrare o di uscire. Se tanto mi dà tanto, da questo bar passa mezzo paese».

«E quell'altro mezzo?» chiese Pilade, non senza pignoleria.

«Ma via, signori» sorrise la ragazza. «Non ditemi che siete tutti celibi».

«Gesù, comunque, ci può venire in aiuto lo stesso, signor Ampelio» riprese la commissaria, dopo un momento. «Non proprio Gesù, diciamo uno dei suoi rappresentanti».

«Già» disse Aldo. «La tombola dei troiai».

«Esatto. Don Baldo mi ha consegnato la lista delle persone che hanno partecipato alla tombola». Mentre diceva questo, la commissaria estrasse dalla borsa una seconda cartella contenente (come la prima) una lista, che venne appoggiata al tavolino (vedi sopra) e immediatamente annessa alla prima da un paio di mani adunche (idem).

«Alcune sono iscritte come persone, altre come famiglie» continuò la commissaria. «Ciò significa che alcuni hanno portato un troiaio a testa, altri hanno portato il troiaio come gruppo familiare. Ma, tra quelli che hanno partecipato, c'è qualcuno che ha tentato di liberarsi dell'arma con cui è stato commesso il delitto. Sarebbe utile sapere anche se don Baldo si ricordasse la dimensione dei pacchi portati da ognuno, ma sostiene di non ricordarsene».

A questa affermazione, i vecchietti scossero la testa, confermando. Don Baldo, da tipico uomo che fa una cosa pensando contemporaneamente ad altre ventisei, aveva una certa tendenza a non badare a quello che faceva. Questo, di tanto in tanto, aveva conseguenze spettacolari: come la volta che, arrivato tutto trafelato in sagrestia con venti minuti di ritardo sull'orario della messa causa estenuante riunione con le suorine dell'Ordine del Divino Amore In Perpetua Adorazione del Prez.mo Sangue, si era preparato in circa tre secondi infilandosi la tunica e mettendosi al collo la prima stola viola capitatagli per le mani, finendo così per celebrare la SS. Messa con addosso una sciarpa con scritto VIOLA CLUB POGGIBONSI a caratteri leggibili anche dall'ultima panca.

«Basterà quindi confrontare le due liste, e la loro intersezione ci darà un elenco delle persone che ci interessa...».

«To', beccato!» disse, o meglio ululò, Ampelio, puntando l'indice sulla prima pagina della lista.

«Eeh, lui non m'è mai garbato...» confermò Gino, annuendo.

«Vedere, vedere...» tentò Aldo, ma venne immediatamente preceduto dalla commissaria.

«Batini Annalisa» disse la ragazza dopo qualche attimo, portando poi gli occhi sulla seconda lista. «Come, lui? Io non la vedo, Batini, qui sul foglio. È la moglie di qualcuno?».

«Sì» rispose Gino, testeggiando. «Del Barbadori, quello che cià la concessionaria. Intendiamosi, lei è sposata col figlio, Pietro...».

«Però dice che a vorte si faccia da' una controllata a' paraurti anche dar babbo» completò Ampelio. «Che si chiama Giampiero. Sai, son nomi simili, ci sta che si confonda».

«Barbadori, Barbadori...» compulsò la commissaria. «Eh, io però, abbiate pazienza, non vi seguo. Qui non vedo nemmeno Barbadori. Né figlio, né babbo».

«Lei non lo vede, il babbo del Barbadori, ma di siùro la Annalisa il ventisei di dicembre l'ha sentito» affermò Ampelio, puntando il dito sulla stampata del farmacista. «Perché il figliolo di anni n'ha trenta, e il babbo sessantasei. Ora, seòndo lei ir Viagra la Annalisa per chi l'ha ritirato, per ir cane?».

La commissaria, virando sul porpora, levò la lista dal tavolo di fronte ai vecchi alla velocità del suono. Quindi, portatili a distanza di sicurezza, disse:

«Facciamo così. Adesso trascrivo i nomi della lista su questo foglio, insieme all'ora di entrata, così non c'è ulteriore rischio di violazione della privacy. Voi, intanto, vi guardate la lista del prete e mi scrivete i nomi dei familiari, quando c'è indicata una famiglia. E dopo confrontiamo, eh?».

Erano le sette di sera circa, e incominciava il momento dell'aperitivo. E, paradossalmente, anche Massimo incominciava a rilassarsi. Un po' perché era l'ora del giorno che gli piaceva di più, certo; ma anche perché era stata una giornata parecchio movimentata.

Nel corso di tutto il pomeriggio, infatti, i vecchietti avevano raccolto informazioni, fatto domande e richiesto movimenti con una discrezione da KGB, tanto che Massimo in un paio di momenti aveva sinceramente temuto la rissa.

Adesso, per fortuna, i quattro erano andati a cena (Aldo era chiuso per turno), ed era ragionevole aspettarli solo verso le nove; orario in cui, dopo che le rispettive consorti si erano installate in poltrona a guardare i pacchi (quelli televisivi), scattava la libera uscita.

«Salve».

Massimo si girò, di scatto. Di fronte a lui, la commissaria, in jeans e giubbotto di pelle scamosciata: probabilmente, per una così, il massimo dell'eleganza.

«Salve. Se è venuta ad arrestare mio nonno, lo trova a casa sua».

«E perché dovrei arrestarlo? Mi è stato di grande aiuto. E mi auguro che lo sia ancora. In più, mi sta veramente simpatico».

L'ho notato, avrebbe voluto dire Massimo.

«Prende qualcosa?» chiese, invece.

«Un analcolico alla frutta, grazie».

«Non preferirebbe un Negroni sbagliato?» disse Massimo, cominciando a preparare lo shaker.

«Come? No, grazie. Non bevo. Non bevo alcolici, s'intende».

«Mi dispiace per lei» rispose Massimo, cominciando a sbatacchiare lo shaker con vigore su e giù, con una mano sola. «Convinzione? Religione? Psicofarmaci?».

La commissaria lo guardò, alzando un sopracciglio.

«Le tratta sempre così, lei, le donne, vero? Ecco perché».

«Perché cosa?».

«Perché è così bravo» la commissaria indicò lo shaker, che andava su e giù «in quel gesto lì. Si vede che è allenato».

Massimo, molto opportunamente, tacque.

«Nessuno dei tre, comunque. Semplicemente, mi piace essere sempre lucida. Esattamente come lei, mi sembra di capire».

«Be', sì. Ecco qui l'analcolico. Gradisce qualche cicchetto?».

«No, grazie. Credo li abbiano già presi loro» la ragazza indicò un tavolo con tre o quattro persone sulla trentina, sedute e chiacchieranti.

«Ah, è con loro?».

«Esattamente. A-mi-ci. Significa "persone che trovano gradevole la tua compagnia". Ne ho ancora qualcuno, incredibilmente. E mi vengono a trovare fino dall'Elba. Può succedere, sa, se uno riesce a non fare lo stronzo ventiquattr'ore su ventiquattro».

«Ciao Massimo. Posso usa' un attimino ir telefono?».

Alzando gli occhi, Massimo vide Pilade piantato di fronte a lui. Come da tabella oraria, essendo le nove e mezzo, la sala biliardo era stata colonizzata dai vecchietti.

Solo che, contrariamente all'usuale, la porta era aperta.

E dalla sala, nessun rumore. Nessuno che tirasse né colpi né bestemmie.

Strano.

«Dipende. Urbana o interurbana?».

«No no, urbana. È una 'osa parecchio importante».

«Potresti usare il cellulare. È scarico?».

«Macché scarìo e scarìo. E ciò la Vilma che mi 'ontrolla le chiamate, e se mi becca che ho chiamato in commissariato alle dieci di sera addio. Dice che mi faccio sempre l'affari di vell'artri, come se lei ciavesse l'esclusiva».

Massimo si fece da parte.

«Tutto tuo».

Mentre Pilade, che era largo più o meno quanto lo stanzino del telefono, tentava di incastrarsi davanti all'apparecchio, Massimo aggiunse un grado di difficoltà ulteriore, chiedendogli:

«Allora, avete trovato una corrispondenza?».

«Magari» rispose Pilade, che una volta riuscito ad entrare stava tentando di disincagliare un braccio per poter impugnare la cornetta.

«E allora cosa telefoni a fare in commissariato?».

«'Un se n'è trovata una» rispose Pilade affannosamente, provato da tutta quell'attività fisica, mentre componeva il numero. «Tre, se n'è trovate».

«Allora, eccoci qua». La commissaria tirò fuori dalla borsa un paio di occhiali griffatissimi, in evidente contrasto con il resto dell'abbigliamento, e li inforcò sul naso.

«Campanini Luciano, che ha pagato in farmacia alle

diciassette e cinque del ventisei. Ha partecipato alla tombola dei troiai in compagnia della moglie Barbara».

«Detta Cleopatra» ritenne necessario aggiungere Gino.

«Cleopatra?» chiese la ragazza, senza alzare gli occhi dal foglio. «E perché?».

«Mah, di persona non ho notizie certe» disse Aldo. «Però, a vederla, ha un naso normalissimo. Per cui...».

«Smettetela immediatamente» ridacchiò la commissaria. «Questa è una cosa seria. Bernardeschi Lucilla, che era in farmacia alle diciassette e trentuno scontrino alla mano. È andata alla tombola dei troiai da sola».

«De', come sempre» sottolineò Ampelio. «Chi vòi che se ne giovi?».

«Brutta?».

«Fuori, bruttina, sì. Ma dentro è peggio. La donna più cattiva dell'universo» corresse Aldo. «Una tutta sempre in ghingheri, che si fa i capelli una volta alla settimana, vestita sempre a festa. Un paio d'anni fa se l'è presa con un mio cameriere, facendogli una partaccia assurda, da regina offesa. Le ho dovuto chiarire che quella volta sarebbe stata ospite mia, ma che se entrava nuovamente nel mio ristorante non c'era rischio che mangiasse qualcosa anche solo di minimamente tiepido».

«Però. E chi le regala qualcosa, a questa qui?».

«Nessuno» spiegò Aldo. «Va alla tombola dei troiai con un regalo autoprodotto, per far vedere che anche a lei arrivano i regali di Natale».

«Boia» commentò la commissaria, chiarendo così definitivamente la propria provenienza dall'ex granducato dei Lorena. «Un caso umano».

Aldo allargò le braccia.

«Capita. Questo è un caso limite, e triste, ma non è così raro. Dietro ogni stronzo, di solito, c'è una persona che si vergogna di far vedere quanto è sola».

In quel momento, entrò Massimo con un vassoio con sopra due birre, un caffè, una sambuca e un succo alla pera.

«Perché guardate me?» chiese, trovandosi cinque paia di lenti addosso.

«Nulla, nulla» glissò la commissaria. «Puntoni Paolo, che da scontrino risulta in farmacia alle diciotto e zero otto. È andato alla tombola dei troiai con la moglie Francesca».

«Gran topa» sottolineò Ampelio. «Rispetto parlando, eh, signor commissario».

«Anche lui è un bel figliolo» concesse Pilade. «Arto, sportivo, sempre elegante. Stupido come una carriola, però un bel ragazzo per davvero».

«Via, mi sembra che li conosciate bene tutti» sorrise la ragazza, mettendo via la borsa. «Chi di questi potrebbe essere stato un cliente, diciamo così, sottobanco, del Corinaldesi?».

«Campanini ci lavorava, in farmacia, dal Corinaldesi» disse Aldo. «Poi andò via, e ha aperto la parafarmacia lì dove sto io, a Villa del Chiostro. È un investimento consistente. Non è impossibile che abbia avuto dei problemi».

«La Bernardeschi è una zitellona che gli garba fa' la gran signora» continuò Gino. «A quanto dice, va a fa' i capodanni a Venezia, in Costa Azzurra, 'nzomma in questi posti. E ir casinò di vì, e la serata da Cipriani di và... Con uno stipendio da inzegnante delle superiori, la vedo dura. Dice ciabbia i soldi di famiglia, eh, ma a furia d'anda' ar casinò anco i sordi di famiglia finiscano».

«A Paolino der Puntoni l'è sempre garbata la bella vita» finì Ampelio, scuotendo la testa. «Ci s'è rovinato, con le donne e con le discoteche. Era un velocista di quelli che 'un hanno paura di nulla, nell'urtimi cento metri era una berva. E sempre ritto sur sellino, senza oscillare, senza fatica. Sembrava andasse in motorino, artro che. Ma ciclismo e bella vita 'un van d'accordo. Gli garbava troppo le donne per anda' davvero forte in biciretta, e a un certo punto smise».

«Chiamalo scemo» chiosò Aldo. «E poi, lasciare il ciclismo è uno di quei rari casi in cui abbandonare lo sport ti salva dalla droga».

«Insomma, tutti e tre» dondolò la testa la commissaria, prima di togliersi gli occhiali e di guardare Massimo di sbieco. «Lei, che dice? C'è, il suo sospettato numero uno, fra questi tre?».

Però, che occhi.

«Presente» rispose Massimo, come risvegliandosi. «Sì, è fra questi tre».

«Allora siamo stati bravi. Ha intenzione di dirmi chi è?».

«No, credo di no. Siamo ancora in fase indiziaria. Potrei fare una cosa, però. Potrei suggerirvi un metodo per trovare il colpevole».

«Ma davvero» sorrise la commissaria. «Aspetti, provo a leggerle nel pensiero. Lei mi vorrebbe suggerire di chiedere a tutti i partecipanti alla tombola che cosa hanno messo nel pacchetto di cui si sono liberati, e contemporaneamente di chiedere a tutti i vincitori quale troiaio hanno trovato. L'oggetto mancante, quello che secondo la persona o la famiglia in questione è stato messo, ma non trovato, è quello che è stato sostituito. Giusto?».

Ah. E poi quello che si comporta da stronzo sarei io.

«Bell'idea».

«Proprio bella» confermò Pilade. «Guardi, io, se fossi in lei, signor commissario, farei in un dato modo».

«Mi dica, signor Pilade».

«Lei interroghi in modo ufficiale le perzone che 'un c'entrano, que' diciassette che non dovrebbero esse' andati in farmacia».

«E voi?».

«De', e noi si prova a sentì la Bernardeschi e le mogli di quell'artri due, in modo che 'un s'inzospettiscano di nulla. Ardo a parla' colla moglie del Campanini 'un ci mette nulla, lavoran nello stesso posto. E Ampelio al Puntoni saranno vent'anni che gli attacca dei bottoni lunghi 'osì sur ciclismo, la prima volta che lo becca con la moglie è un attimo. Tanto bisogna senti' le mogli, son loro che decidano su queste cose».

«E la Bernardeschi?».

«Quella il problema è chetalla, mica falla parla'».

«Il BarLume buongiorno».

«Buongiorno, qui il commissariato di Pineta. Le passo la dottoressa Martelli».

«Buongiorno Viviani. Disturbo?».
«Lei, no».
«Suo nonno e gli altri sono al bar?».
«Loro, sì. Questo, tra l'altro, vale anche come risposta alla sua domanda preceden...».
«Perfetto. Può dire che passerò dal bar tra qualche minuto?».
Da badante a segretario. Dovrei essere contento, sto facendo carriera.

«Volevo solo dirvi» cominciò la commissaria dopo i convenevoli di rito, tenendo la tazza del cappuccino stretta tra le mani a coppa «che grazie a voi siamo riusciti a individuare la persona».
La Martelli (ormai, per tutti, il signor commissario era andato a farsi benedire) estrasse un tabulato telefonico, e puntò il dito su di una riga verso la fine.
«Oggi, dopo che il giudice ha autorizzato la richiesta, sono arrivati i tabulati. Ecco qua, ore sei e quarantanove. Corinaldesi manda un sms a questo numero. Testo: "Non abbiamo finito. Torna qui. È meglio". E questo numero...».
«... è il numero di Luciano Campanini».
La Martelli, ripiegando in due il foglio e tenendolo con la destra, se lo appoggiò sul palmo dell'altra, picchiettando lievemente.
«Luciano Campanini in questo momento è in stato di fermo. Sostiene di essere tornato, verso le sette e mezzo, alla farmacia, e di aver trovato la farmacia chiusa. Di aver suonato, ma di non aver ricevuto risposta, per

circa cinque minuti, e aver atteso per altri cinque circa. Passati anche quelli, sostiene di aver girato i tacchi e di essere semplicemente andato via».

«De'...» commentò Gino, chiudendo virtualmente a chiave la porta del carcere dietro le spalle del Campanini.

La Martelli ripiegò il tabulato telefonico, guardando i vecchietti che a loro volta si guardavano orgogliosi, a piume ritte.

«Torna tutto, torna» approvò Pilade. «Non so a questo punto se le serve ancora, come prova, ma quello der Campanini è propio uno de' du' regali che non tornano».

«Come, come?».

«To', qui c'è la lista» disse Ampelio. «Su tutte le cose regalate, e poi ritrovate da quarcuno, c'è un tratto di penna sopra. Ne restan solo due».

Ampelio, dopo che la commissaria ebbe inforcato gli occhiali, puntò un dito sotto la voce «troiai in uscita», dove erano rimasti due soli superstiti: «bottiglia di vodka norvegese con tappo a forma di gnomo (prov. Puntoni)» e «statuetta di legno della Val Gardena (prov. Campanini)». A fianco, sotto la voce «troiai ritrovati», i due oggetti rimasti malinconicamente orfani riguardo alla loro provenienza, ovvero «CD con musiche di mandolino (ritrov. vedova Piombanti)» e «tagliacarte colla bisellatura (arma del delitto, ritrov. ~~Poston~~ Boffici)».

«Due?».

«Eh òh, son due...».

La ragazza rimase in silenzio, guardando la lista.

«Comunque, 'un è che ci sia tanto da ragiona'» provò a svegliarla il Del Tacca. «Il farmacista manda ir messaggino, ir Campanini torna, i due litigano, e lui lo stempia. Si sa che verso le sette era ancora vivo, e quindi dev'esse' successo dopo. Torna tutto».

«No, non torna tutto» disse la commissaria. «Non mi sembra che torni tutto. Perché torni tutto deve essere spiegato anche quello che non riguarda direttamente il Campanini. Ovvero, perché il Puntoni dovrebbe aver mentito sul regalo».

«Quello verrà fòri» assicurò Pilade, già pronto a sedersi sulla riva del fiume ad aspettare il cadavere del nemico. «Lei intanto penzi a 'nterroga' un po' ir Campanini e a chiedenni se cià un alibi».

La commissaria, non convinta, scosse la testa.

«Lo farò, certo. Ma prima mi piacerebbe capire... O almeno avere un'ipotesi... Così, alla cieca, non mi piace. Non mi piace, non mi sento sicura. Lei, non mi deve dire proprio niente?».

«Non sono ancora passati due giorni esatti» disse Massimo, senza alzare la testa dal bancone.

«Potrebbe almeno dirmi se la persona corrisponde?».

«No».

«A quale parte della domanda sta rispondendo?».

«Alla seconda, temo».

La commissaria, dopo aver guardato Massimo per un istante, posò nuovamente lo sguardo sul senato.

Questo è matto, fece cenno.
Dillo a noi, risposero le facce dei vecchietti.

Erano passate due ore, circa, e Massimo stava finendo di pulire i tavoli, mentre i vecchietti, consci di aver dato con i loro modi incivili il loro contributo alla società civile, si erano rintanati nella sala biliardo. Tutti tranne Aldo, che era tornato al ristorante, a lavorare.

Massimo raccolse un foglio dal tavolo, e fece per appallottolarlo. La famosa lista dei troiai. E come sempre, mentre leggeva, si ipnotizzò sul contenuto.

Dopo una decina di secondi, con le mani tremanti, andò al telefono e fece un numero. Dopo un paio di squilli, una voce garrula rispose:

«Il Boccaccio, buonasera».

«Ciao Tiziana. Passami Aldo».

Tiziana restò un secondo interdetta.

«Ciao, Massimo. Io sto bene. Grazie di avermelo chiesto».

«Lietissimo. Passami Aldo, per cortesia».

Ci fu qualche secondo di silenzio. Poi, al telefono il tono flautato di Tiziana venne sostituito da una non sgradevole voce da basso-baritono.

«Buonasera Massimo».

«Ciao Aldo. Quanto bene lo conosci il Campanini?».

«Mah... abbiamo aperto qui insieme... ci si conosce per forz...».

«Sì, sì. Abbastanza da fargli un regalo per Natale?».

«Sai, Massimo, qui nell'emisfero nord di solito si usa. Si chiama buona educazione».

«Provo a indovinare. Gli hai regalato un disco?».

«Massimo, io regalo sempre dischi. O libri. Dato che il Campanini non mi sembra il tipo che legge...».

«E quel disco erano per caso i Concerti Grossi di Corelli?».

«Be', sì. È uno dei miei... Oddio».

«Ecco, appunto. Ti aspetto qui al bar, o ti faccio chiamare al ristorante?».

«Arrivo subito».

Buttata giù la cornetta, Massimo respirò profondamente e premette sulla tastiera, tre volte. Dopo due squilli, qualcuno rispose.

«Sì, pronto. Sono Massimo Viviani del caff... sì, esatto, quello lì. Per favore, dica al commissario Martelli che devo parlarle».

Breve silenzio.

«Sì, esatto. È urgente».

Silenzio paziente.

«Va bene, glielo dica lei. Le dica che Massimo Viviani sa chi ha ucciso il Corinaldesi, e non è quello che pensa lei. Le dica che stavolta ho le prove di quello che sto dicendo. Prove che si possono esibire in tribunale».

Silenzio pesante.

«Sì, grazie. A dopo».

Massimo posò la cornetta, con delicatezza. Poi, sentendo un rumore, si voltò.

Davanti alla porta della sala biliardo, i vecchietti stavano guardando Massimo, con omonimo stupore.

«Allora, è successo questo: a chiedere quale troiaio

avesse portato la moglie del Campanini alla tombola è stato Aldo. Purtroppo, il fatto che fosse proprio Aldo a porre la domanda ha influenzato notevolmente l'esito della risposta. O, per dirla tecnica, ha prodotto un bias nell'esperimento».

Di fronte a Massimo, i vecchietti stavano immobili e silenti. Accanto al biliardo, la commissaria, pesche agli occhi e aria tesa, col cappuccino d'ordinanza.

«Insomma, l'interrogato si è trovato a fare i conti con l'effetto che avrebbe avuto la propria risposta nei confronti di chi poneva la domanda. Perché il troiaio in questione era un regalo dello stesso Aldo, ovvero il CD con i Concerti Grossi, sommo capolavoro di quell'Arcangelo Corelli da Fusignano che Aldo considera il massimo esponente dell'arte del contrappunto, cosa con la quale ci rompe le palle da anni».

Aldo, signorilmente, annuì con pesante consapevolezza.

«Campanini e signora, ahimè, non se ne giovano, e lo destinano alla tombola. Però, a domanda di Aldo, la moglie del Campanini si trova costretta a mentire, e tira fuori una bruttura sempreverde, cioè una statuetta di legno tirolese».

La commissaria, in ritardo sul vegliardo, annuì a sua volta.

«La vedova Piombanti, che si ritrova in mano questo CD, sa una sega chi è Corelli. Quando le chiedono del regalo, qualche giorno dopo, l'unico collegamento che le viene è con il mandolino del capitano Corelli, quel film orribile sui caduti di Cefalonia che ha avuto un gran successo, una decina di anni fa, per motivi a me incomprensibili. Per cui, i concerti di Corelli diventano "un CD con musiche per mandolino"».

Massimo, con l'approvazione della Legge, si accese una sigaretta. Sto smascherando un assassino, potrò fumare nel mio bar, no?

«A questo punto, il regalo che non collima è uno solo. Cioè, quello del Puntoni».

«Eh. Ora però c'è i tempi, che 'un tornano».

«Cioè?».

«Cioè che il Corinaldesi era sempre vivo verso le sette, quando il Puntoni era stato lì da più d'un'ora, e soprattutto quando ha chiuso la farmacia. L'unico che lo pole ave' ucciso è ir Campanini, quando è tornato».

«Se ragioniamo in questo modo, sì. Ma torniamo un attimo ai dati in nostro possesso. Secondo il medico legale, a che ora è morto il Corinaldesi? O, meglio, in che intervallo di tempo è avvenuto il decesso?».

«Fra le sei e mezzo e le otto di sera» rispose la Martelli, senza bisogno di consultare alcunché.

«Benissimo. Un intervallo di tempo piuttosto larghetto. Per restringerlo, ci siamo affidati al fatto che una persona ha visto il Corinaldesi vivo alle sei e cinquantacinque. Ora, proviamo a chiederci: chi è l'ultima persona che ha visto vivo il Corinaldesi?».

«De', è quella che è andata a ritira' la medicina della guardia medica. La signora Panettoni, o giù di lì».

«Appunto. La guardia medica. E quand'è che chiami la guardia medica per avere una ricetta? Di solito, quando sei fuori di casa. Giusto?».

La commissaria, sotto lo sguardo di Massimo, assentì.

«Sì, ho interrogato la signora Perathoner nuovamente. Mi ha confermato quello che ha suggerito lei».

Le teste dei vecchi, prima puntate su Massimo, ruotarono verso la commissaria, come spettatori a una partita di tennis.

«E cioè?».

«E cioè che, quando è andata a ritirare il medicinale, la farmacia aveva la serranda chiusa, e solo l'insegna era accesa. Ha provato a suonare il campanello, e le hanno risposto dal citofono. Ha detto che la mandava la guardia medica, e le hanno risposto chiedendo: "è la signora a cui serve il toradol?". Lei ha risposto di sì, e a quel punto da dentro il negozio è arrivato un tizio in camice bianco che ha aperto il cassetto scorrevole, quello che usano le farmacie aperte per turno in piena notte, e le ha detto di mettere dentro la ricetta. Lei ha eseguito, il farmacista è tornato indietro, le ha messo il medicinale nel cassetto e glielo ha riaperto».

«La signora Perathoner non ha visto il Corinaldesi, che peraltro la signora non conosceva, essendo residente a...».

«Ortisei».

«Appunto. La signora ha visto un tizio in camice che le ha dato una medicina. Nella penombra, e con la fretta di ritirare un antidolorifico».

Le teste dei vecchi tornarono su Massimo, che andò al servizio.

«Io ipotizzo che sia andata così» continuò il barrista, spegnendo la sigaretta. «Il Puntoni va a trovare il Corinaldesi. I due, in assenza di clienti, vanno nel retrobottega e discutono. Una discussione lunga, interrotta dal continuo andirivieni di clienti nel corso della cui presenza il nostro deve rimanere nascosto nel magazzino, ma fondamentalmente una discussione riguardo ai debiti. Quelli del Puntoni, nella fattispecie. Quest'ultimo, nel tentativo di ottenere una dilazione oppure come garanzia, mostra al Corinaldesi un oggetto di valore. Il Corinaldesi gli dice che non sa di che farsene, del suo tagliacarte d'argento, e che vuole i soldi».

Ace (cioè, la commissaria non rispose). Le teste dei vecchi tornarono su Massimo.

«A quel punto, arriva la telefonata. Corinaldesi risponde, dice che ha il medicinale, e va a prenderlo, in presenza del Puntoni che, ricordiamolo, è sempre lì in magazzino. E sente tutto».

Massimo fece un sospiro.

«Magari il toradol è in un cassetto in alto. E magari, mentre allunga il braccio verso il cassetto per prendere il flacone, il Corinaldesi si lascia anche sfuggire un commento sui suoi debitori. Qualcosa tipo: "È Natale, ma regali da me non aspettatevene. Né te né quell'altro scemo che lavorava qui e che ha voluto fare lo splendido". E al Puntoni va il sangue alla testa. E zok, lo splendido oggetto d'arte con tutta la sua bisellatura si va a piantare nel braccio del Corinaldesi».

Massimo si accese un'altra sigaretta, mentre la commissaria lo guardava.

«Il Puntoni adesso è nel casino. Sa che, fra l'altro, a momenti arriverà la cliente del toradol. Non può uscire rischiando di venire beccato in pieno. Ma ha sentito il nome al telefono. Perathoner è un cognome ladino, per cui è sicuro che la persona che sta arrivando non è di Pineta, e non conosce né lui né il farmacista. Ha un'unica possibilità».

La commissaria, stavolta, rispose al servizio.

«Abbassa le luci, chiude la serranda e si mette un camice trovato in magazzino».

Massimo rispose lungo la stessa linea.

«Esatto. Ma prima, col cellulare del farmacista, manda un messaggio. Convoca il Campanini con un messaggio ambiguo, in modo che, con un po' di culo, potrebbe essere lui l'ultima persona vista sul luogo del delitto».

I vecchietti girarono la testa verso la commissaria, che prese la palla al balzo.

«La signora Perathoner ha visionato le fotografie di vari soggetti. Non è in grado di riconoscere la persona che l'ha servita, ma è sicura che era un uomo alto e snello. Il Corinaldesi pesa quasi cento chili».

«Questo non ci basta» rispose Massimo, con un pallonetto amico.

Una palla inaspettata, facile facile. La commissaria aspettò che rimbalzasse, studiandone bene l'effetto, per essere sicura che non schizzasse di lato prima di prepararsi allo smash:

«Non ci basterebbe, se non avessi interrogato separatamente il Campanini e la moglie».

Un attimo di silenzio, e la commissaria scaricò il dritto.

«I quali entrambi confermano che il regalo portato alla tombola dei troiai era un CD con i Concerti Grossi di Arcangelo Corelli».

Ci fu un attimo di silenzio carico di tensione, come alla fine di ogni match che si rispetti. Poi Massimo, con un sorriso, porse la mano alla commissaria.

Gioco, set, partita.

Il giorno dopo, Massimo stava lottando con la lavastoviglie quando udì una voce da sopra al bancone:

«Salve».

«Salve» rispose da dentro al mostro. «Un cappuccino, presumo».

«Esatto. E anche due chiacchiere».

Massimo, dopo aver chiuso lo sportello, si trovò di fronte la commissaria in versione Martelli, ovvero con un bel sorriso da poliziotto in borghese e carica di buste di plastica di dimensione variabile, dal micro al giga.

«Allora, mi sento in dovere di aggiornarla» disse la commissaria. «Abbiamo finito di interrogare il Puntoni da qualche ora. Ha reso una confessione piena».

«Complimenti».

«Non avrebbe potuto fare altro. Le prove erano veramente schiaccianti. Fra l'altro, dopo averlo visto dal vivo in confronto, anche la signora Perathoner lo ha riconosciuto».

«Complimenti anche a lei» rispose Massimo, mettendo davanti alla commissaria un cappuccino fatto con tutti i crismi.

La commissaria, guardando Massimo, prese un piccolo sorso. Poi, senza muovere gli occhi, abbassò la tazza.

«Allora, ora me lo può dire cosa ha visto?».

Massimo, prima di rispondere, passò lo straccio sul bancone.

«Ha portato cosa le avevo chiesto?».

La commissaria, senza dire una parola, sollevò la bustona più grossa.

A quel punto, Massimo puntò un indice fuori dalla porta a vetri.

«Lo vede quel cassone giallo?».

«Il raccogli vestiti della San Vincenzo?».

«Esatto. Quando uno ha vestiti smessi, o vecchi, li mette in un sacchetto e li butta lì. Ecco, il ventisei dicembre, verso le sette e cinque, ho visto il Puntoni in camicia e maglione, senza giacca nonostante ci fosse un freddo becco, che buttava un sacchetto nel raccoglitore».

«Strano» sorrise la commissaria.

«Strano davvero, perché il Puntoni è fissato con i vestiti eleganti, e va sempre in giro agghindato all'ultima moda. Ma è ancora più strano quello che è successo il giorno dopo».

E, senza alzare la testa, Massimo si rivolse a un tipo seduto in un angolo del bar. Un tipo male in arnese, con una mano priva di dita e col solo pollice intatto, capelli lunghi e sporchi, barba cespugliosa, ma con addosso una giacca blu che doveva valere più o meno un paio di stipendi medi.

«Ochei, glielo dici alla signora dove l'hai trovato quel bel giaccone che hai addosso?».

«Eeeh, visto bello?». Il barbone lisciò il giaccone col dorso della mano. «Me l'hanno dato le sòre della San Vincenzo. Roba da signori. Solo che è bello da vedessi, è anche cardo, ma non è impermeabile una sega. Quando son fòri mi tocca tenecci sopra la cerata».

«E quando te l'hanno dato?».

«Me l'hanno dato ir ventisette. Du' giorni dopo Natale, come tutti l'anni». Il barbone si lisciò di nuovo la giacca, con fierezza. «Figurati che 'un me lo volevano da', queste rintronate. Dicevano che era sudicio». E con la mano Ochei indicò alcune macchie scure, come spruzzate, sul petto e sul braccio destro del giaccone. «L'hanno visto loro, ir sudicio. Vedessero dove dormo io, lo ringrazierebbero ancor di più, ir Signore, per quer che n'ha dato».

«Un bel regalo, via» commentò la commissaria, sorridendo.

Il barbone annuì, guardando entrambi. La commissaria, dopo aver rivolto a Massimo uno sguardo obliquo, prese un respiro profondo.

«Senta, signor...».

«I signori sono in barca a vela» rispose il tipo. «Io sono Ochei».

«Senta, Ochei, la giacca che ha addosso è un corpo di reato, e sono costretta a sequestrargliela».

Gli occhi del barbone si velarono, per un attimo.

«In cambio, le avrei portato questo».

E, dal bustone, la commissaria estrasse un giaccone impermeabile della polizia, porgendolo all'uomo con delicatezza non priva di orgoglio.

«Bello» disse l'uomo, palpandolo. «Questo sì che è impermeabile. Senti vì che tela. E me lo regala?».

«Omaggio del corpo di polizia».

Ochei rimase con l'oggetto in mano, per qualche secondo.

«Certo, come cambiano i tempi» disse con aria burbera, dopo un attimo. «Quand'ero giovane i poliziotti erano òmini, e ti cariàvano di legnate. Ora sono donne, e ti fanno i regali per Natale».

Massimo, guardando Alice che sorrideva, sorrise di sponda.

Be', direi che c'è un certo miglioramento, no?

Costumi di tutto il mondo

«“... e quindi, il meccanismo di rotazione ha ormai le ore contate. Nonostante le proteste di buona parte degli ambulanti, convinti che la rotazione sia essenziale per consentire a tutti di usufruire, a turno, delle posizioni esterne. Le posizioni più ambite, perché di maggior passaggio, e che consentono incassi ben più consistenti a fine giornata. ‘Per questo motivo’ ribadisce Katia Scaramelli, in rappresentanza dei bancarellai penalizzati dall’assegnazione di una postazione fissa, ‘noi crediamo che la rotazione debba restare. Assegnare le posizioni migliori ai commercianti più anziani significa condannare quelli più giovani, con meno esperienza, al fallimento’”».

Il Rimediotti, oscillando con decisione il capo alla fine del collino da avvoltoio, chiuse il giornale con autorità.

«Mamma mia, in che mondaccio» sentenziò. «’Un c’è più rispetto per l’anziani».

«In compenzo c’è troppo rispetto per gli scemi» ribatté Pilade. Che, tante volte il concetto non fosse chiaro a sufficienza, indicò il Rimediotti con la punta della sigaretta spenta. «La posizione è essenziale. Hanno ma dimorto ragione».

«Hanno ragione sì» approvò Ampelio, con coerenza. D'altronde, uno che basa il proprio approccio col mondo sul fatto che sono ottantasei anni che gli girano i coglioni è naturale che guardi di buon occhio il concetto di rotazione.

«Ma perché, è così tanto importante la posizione?» chiese la commissaria, in piedi al bancone, in attesa del proprio cappuccino d'ordinanza.

«Fondamentale». Pilade girò la sedia verso la commissaria. «La gente che va ar mercato 'un ci va più con tutta la mattina a disposizione, come facevano le nostre nonne, girellando in qua e in là. E prendi i carciofi da quello, e le puntarelle da quell'artro che ce l'ha bòne, e così via. Ora la gente passa di struscio, mentre torna da lavora', tutta di fretta. E chi sta su' bordi guadagna parecchio».

La commissaria, ricevuto il cappuccino, annuì col fare di chi segue un discorso che non le interessa. Fuori, anche il paese annuiva, tacendo. O, meglio, dormicchiando, con la sua solita aria invernale mattutina, più simile all'ibernazione che al sonno.

Ci sono luoghi abitati, in Scandinavia, in cui durante l'inverno la luce del sole illumina il paese per sole tre-quattro ore al giorno, e per il resto del tempo il posto è al buio. A Pineta, d'inverno, accade più o meno lo stesso fenomeno, ma con la luce artificiale; dalle nove di sera fino alle due del mattino migliaia di fari e faretti (ormai quasi tutti a led) illuminano il paese, i suoi ristoranti, i suoi discopub, i locali notturni e tutti gli altri posti dove spendere i soldi di babbo. Nelle ore restanti, il paese è al buio, oppure sommerso da una luce grigiastra e nebbiosa, con le insegne dei negozi spente o accese a mezzo, e si fa fatica a pensare che ci sia qualcuno sveglio nei dintorni.

«Per quello, vent'anni fa, si decise di fa' la rotazione» continuò Pilade. «Si chiamarono tutti i bancarellai, e ni si spiegò che da quer momento i meglio posti sarebbero toccati a turno. Fu un lavorone. Ir periodo più impestato che si sia mai passato in Comune. 'Un mi riordo d'ave' mai fatìato così tanto in vita mia».

«Eh, dev'esse' stata una mezz'ora tremenda...» commentò Ampelio.

«Mezz'ora è quella che ti ci vòle a te per fa' una sottrazione» replicò Pilade. «E guarda i giorni di festa, e guarda che tocchino du' sabati per uno, e i giorni d'estate contano più di quelli d'inverno... Ci si passò un mesetto, fra le letiàte, a tenta' di fa' le 'ose ammodino. E alla fine, tutti scontenti. Tutti che gli giravano i coglioni, che si sentivano defraudati, e tutti a da' la 'orpa a noi».

Pilade ridacchiò amaramente, causando qualche lieve scuotimento tellurico nel lardo sottostante.

«D'artronde è così, lo diceva anche mi' pa': "O perché mi vòi del male, che 'un t'ho mai fatto der bene?"».

«Vero» approvò Aldo. «Però, in fondo, te lo sei meritato. Dopotutto, non so se te lo ricordi, ma se avete dovuto fare le rotazioni è stata anche colpa nostra».

«Casomai vostra» rimarcò Pilade. «Io ho fatto solo la 'azzata di di' una parola di troppo».

«Come, come?». La commissaria posò la tazza, vuota, sul bancone, con l'aria di chi capisce che sta per arrivare una bella storia.

«No, cioè, in teoria si tratterebbe d'un reato...».

«Via, un reato». La commissaria sorrise, felina. «Di quanti anni fa si parla, scusate? Venti, ha detto Pilade, giusto?».

«Più trenta che venti, mi sa» si intromise il Rimediotti.

«Benissimo». La commissaria andò a sedersi, facendo con il dito a Massimo il gesto di farle un ulteriore cappuccino. «Se non avete ucciso nessuno, la cosa è andata in prescrizione. D'altronde, sono passati trent'anni».

«Trentaquattro, per essere precisi» puntualizzò Aldo. «Massimo era ancora un bambino».

«E voi eravate già vecchi e rincoglioniti» ribatté Massimo, mentre armeggiava con la macchina del caffè. «Solo a un rintronato sarebbe venuta un'idea del genere».

«Noi s'è reagito a una soperchieria, altro che discorzi» replicò Ampelio. «E te dovresti essere orgoglioso d'ave' contribuito a vendicare un'ingiustizia».

«Ah, perché» disse la commissaria, voltando la testa verso Massimo, «anche lei ha partecipato, quindi?».

«Ho partecipato sì» disse Massimo, facendo il giro del bancone per portare la tazza alla commissaria. «Un mal di pancia...».

«Dunque era un'ingiustizia bella grossa» osservò la commissaria, guardando la tazza che si posava.

«No, no, Massimo parla proprio di mal di pancia reale» ridacchiò Ampelio. «Stette du' giorni seduto senza movessi».

Gli occhi della commissaria, da sopra al bordo della tazza, si allargarono, per poi rivolgersi verso Massimo. Che, con un cenno non privo di rimpianto, confermò.

«Be', a questo punto devo ammettere che sono veramente curiosa».

I vecchietti si guardarono negli occhiali.

Dopo di che, eletto per alzata di sopracciglia dal resto del senato, Pilade prese la parola.

«Deve sapere, signorina Alice, che parecchi anni fa a Pineta, per un caso strano, capitò un sindaco un po' meno scialucco der solito. Si chiamava Ballerini, era der partito comunista, ma era anche ir proprietario der bagno Annamaria».

«Comunista, ma intelligente» concesse il Rimediotti. «Gran lavoratore, e con un gran cervello. Uno di quelli che 'un se ne fabbricano più».

«Era 'r periodo» continuò Pilade «che ancora i bagni si chiamavano come le mogli de' proprietari, no come ora che si chiamano Waikiki o Honolulu e poi come ciarrivi ti rendi 'onto che sei a Pineta come prima, hai voglia di mette' la baracchina di legno sulla spiaggia che fa i còcteil».

Pilade sospirò brevemente, rimpiangendo i Bei Tempi Andati quando i bagni erano tutti in cemento armato, comprese le paste del bar all'interno.

«E 'nzomma quest'omo, essendo che lavorava in un bagno, ci capiva di 'osa si doveva fa' perché 'r paese d'estate, quando c'era più gente che rena sulla spiaggia, funzionasse ammodino. Ma siccome era sindaco anche d'inverno, quando 'un c'era una sega di nessuno, allora si mise in mente d'organizza' le 'ose anche d'inverno, per la gente del paese».

«To', me lo riòrdo» disse Ampelio. «Prima, presempio, i parcheggi erano a pagamento solo d'estate. Lui li mise a pago anche d'inverno. C'era le strade sembravano la maglia dell'Inter, artro che Imu. Ir Ballerini ti faceva paga' anche se camminavi, perché gli conzumavi 'r marciapiede».

«Erano l'anni Settanta, e il paese era pieno di bimbi piccini» continuò Pilade, con noncuranza. «Un po' come ora, che si vedono a giro i figlioli di quelli che erano piccini all'epoca. E, come ora, era un periodo di merda. Per cui, il Ballerini si mise in testa di organizzare una festa di Carnevale per i bimbi».

«Qui, in questo posto?» disse la commissaria, guardandosi intorno. Pineta le rispose con la sua tranquillità invernale, fredda e dismessa, sporadicamente perturbata da qualche rara automobile che, evidentemente, andava altrove. «Mi immagino che successone».

«E lo pensaron tutti. Tutti quelli che 'un ciavevano figlioli, però. Perché il segreto della polìtia 'un è fare quello che la gente ti chiede, ma fare quello di cui la gente ha bisogno. E la gente, in quer momento, ciaveva bisogno di fa' svaga' un po' i figlioli. Però c'era un problema. Ci s'aveva Viareggio vicino, che faceva le sfilate co' carri, e 'un si poteva mia fa' la brutta copia di

Viareggio. Lei l'ha presente, vero, come funziona Viareggio, no?».

«Anche troppo» rabbrividì la commissaria. «Una volta mi ci hanno portato, quando avevo sei anni. Mi hanno vestito da principessa, con otto calzamaglie sotto il vestito».

«Era freddolosa anche lei, eh?» chiese il Rimediotti, dal profondo dei suoi quattro maglioni a collo alto.

«No, era mia mamma che era freddolosa, e io venivo vestita di conseguenza. Insomma, mi hanno impacchettato e mi hanno portato a vedere i carri, in una ressa dove erano tutti più alti di me. Non ci vedevo un cavolo, avevo un freddo blu alle mani e ai piedi perché il vestito da principessina del mio pisello prevedeva obbligatoriamente le ballerine di vernice, e non potevo fare la pipì perché ero arrotolata in venti metri di calzamaglia. Sembravo il manico di una racchetta da tennis. Mai più Carnevale, per me».

«E invece da noi si sarebbe divertita» disse Aldo. «Il Ballerini fece una cosa veramente furba. Prima, la caccia al tesoro sulla spiaggia, con i tesori sepolti nella sabbia. Poi, lo spettacolo marino: una finta battaglia navale tra due gòzzi, con tanto di cannonate a salve e di arrembaggio».

«Inzomma» riprese la parola Pilade «sarà che era bel tempo, sarà che a que' tempi 'un c'era una sega da fare, ma ebbe un successone. E l'anno dopo si rifece, più grossa. E lì scoppiò ir casino».

«Me lo immagino» tentennò la testa la commissaria. «Qualche bimbo si fece male, la mamma denunciò il Comune, e festa finita».

«Macché» disse Pilade. «Successe la solita ’osa che succede sempre in Italia».

«La sinistra ha perso le elezioni?» chiese la commissaria, alzando dalla tazza due labbra baffute di schiuma.

«No, un’altra».

«Insomma» prese la parola il Rimediotti «per il Carnevale dell’anno prima c’era state parecchie richieste di bancarelle dell’ambulanti. Ha presente, no, quelle che vendano l’addormentasòcere, il croccante, lo zucchero filato, le noci di cocco...».

«Sì, esistono anche al di fuori di Pineta» lo rassicurò la commissaria. «Vendono anche la liquirizia, mi sembra di ricordare».

«Sì, inzomma, quelle lì» rientrò Pilade. «Se mi lasci chiacchiera’, magari, si fa a tempo prima di mori’. Ecco, allora un giorno uno de’ bancarellai, ir Di Basco, viene da me in Comune tutto sospettoso. Pilade, mi fa, avrei bisogno der tu’ aiuto. E io ni dìo dimmi, Gianfranco. E lui mi fa, io vengo da te perché so che te sei uno di quelli onesti, vì dentro».

«Vero» confermò Ampelio, guardando la commissaria con solennità. «Pilade in vita sua, a parte lo stipendio, ’un ha mai rubato nulla».

«E io mi sento mori’» lo ignorò Pilade. «Perché quando uno t’inizia un discorzo così, se lo immagina bene anche lei cosa vor dire. Inzomma, lui inizia a ragiona’, e viene fòri che uno de’ vigili urbani n’ha chiesto de’ sordi».

Pilade sbuffò, non si sa se per la fatica o per l'amarezza della storia.

«All'epoca la posizione delle bancarelle la decidevano i vigili, era nelle su' competenze. E viene fòri che ir Parronchi, uno de' vigili più anziani, ha detto a questo tizio che siccome c'erano state parecchie domande, e tutti i bancarellai sulla spiaggia non ci stavano, ci voleva cinquantamila lire in più per ave' ir posto sulla spiaggia, dove ci sarebbe stata tanta gente. Inzomma, n'aveva chiesto una bustarella».

«Ah» commentò la commissaria.

«Davvero. E tanto era pòo una merda, ir Parronchi» si inserì Ampelio. «Io ancora non capisco perché 'r Ballerini un l'abbia preso a pedate ner culo a due a due finché 'un diventavan dispari, quer farabutto».

«I sindaci passano, i vigili restano» spiegò Pilade, con aria saggia da Budda (parte in cui del resto risultava verosimile). «Ir Parronchi era uno de' vigili più esperti, era il comandante. Ciaveva sotto una decina di persone. Quando voi fa' la rivoluzione, l'urtima 'osa che devi fa' è mettetti contro l'esercito. Ir Ballerini lo sapeva bene, che ir Parronchi era un troiaio, ma prove non n'aveva».

«E non se ne trovarono nemmeno noi» continuò il Rimediotti. «Perché a quer punto s'incominciò a chiedere a giro, cor una certa discrezione, a quell'altri bancarellai se avevano avuto delle richieste un po' strane».

«Me l'immagino, la certa discrezione» intervenne Massimo, da sotto al bancone. «Sarete andati in giro con l'Apino con un megafono sopra».

«Non gli dia retta, il megafono non serviva» smentì Aldo, in direzione della commissaria. «Avevamo Ampelio».

«Avevate?» chiese la Martelli inclinando il capo esattamente come talvolta faceva il Fusco, si vede che è una cosa che insegnano alla scuola di polizia. «Perché, voi cosa c'entravate?».

Come si vede che vieni da fuori, dissero gli sguardi dei vecchietti.

«Vede, Ampelio conosce tutti, e tutti conoscono lui. Come Pilade, del resto. Se fosse andato in giro Pilade, a chiedere, tutti si sarebbero chiesti se per caso il Comune non stava, per dire così, indagando. Avrebbe sollevato un polverone. Invece, Ampelio si sa che è ciaccione per natura, e che le cose le chiede così, perché gli vengono in testa. Così, quando Pilade ci raccontò questa storia, si pensò che avremmo potuto di nostra sponte fare due domande in giro noi senza insospettire nessuno».

«Facevo meglio a sta' zitto» rammentò Pilade, amaramente. «C'è andata bene di nulla, c'è andata. Io però di fronte a questa cosa 'un ce la facevo a sta' zitto. A me queste cose m'hanno sempre dato la nausea».

«Per forza ciai sempre la nausea, sei digiuno» intervenne Ampelio, indicando la riserva di lardo del Del Tacca col bastone. «Comunque, io andai un po' a giro, chiesi, e successe una cosa strana. Solo tre bancarellai su dieci mi dissero che n'avevan chiesto de' soldi. Quell'altri, nulla. Quell'altri sette tutti a di' no no, a me nessuno m'ha chiesto nulla, devano solo provacci, io se quarcuno mi chiede la tangente prendo ir bastone e ni faccio un muso come Bearzot. E poi, guarda caso, arriva ir giorno in cui sortano le tabelle colle posizioni dell'ambulanti e cosa succede?».

«Che i bancarellai che dicevano di non aver avuto richieste sono gli unici che hanno avuto il posto sul mare, suppongo» sorrise la commissaria.

«'Un c'è nulla da fa', colle perzone 'ntelligenti c'è più gusto a raccontalle, le cose» insignì Pilade. «Ir su' predecessore sarebbe sempre lì a conta' co' diti».

«Ho capito» disse la commissaria, annuendo. «Senza prove, senza una testimonianza diretta, ma con la certezza del reato. Un bel casino».

«Vero?» disse Ampelio. «Ecco, sentiamo un po' la signorina commissaria. Lei cos'avrebbe fatto?».

«Mah, quello che si fa in questi casi, di solito, è cercare di ottenere una prova oggettiva con l'inganno. Si contatta una delle presunte vittime e si cerca di coordinare modalità e tempistica del fatto, in modo da raccogliere evidenze probanti a carico del reo».

«Eh?» disse il Rimediotti.

«Ci si mette d'accordo col poveraccio e si riprende con una telecamera il momento in cui, sotto precisa richiesta dell'estorsore, consegna i soldi» tradusse Massimo.

«Esatto» confermò la commissaria. «Più facile a dirsi che a farsi».

«Vedi, più facile a dirsi che a farsi» sottolineò Ampelio. «Invece noi si pensò a una cosa un po' diversa».

«Parecchio diversa» disse Pilade. «E anche parecchio da incoscienti. Io 'un l'avrei mai fatta, una cosa der genere».

«E difatti noi non la facemmo da soli» confermò Aldo, guardando poi la commissaria. «Ci voleva una certa dose di incoscienza, è vero. E ci voleva anche una certa dose di innocenza. Tutte doti che in noi erano già evaporate col tempo, anche se non eravamo ancora vecchi e rugosi. Queste sono doti tipiche di un bambino. E se poi, per giunta, il bambino è anche uno parecchio intelligente, è l'elemento ideale. Vero, Massimo?».

«Vero» disse Massimo. «Verissimo, maledetta la maiala della mia bisnonna».

«Ampelio, mi dici un po' una 'osa?».

Con calma olimpica, Ampelio aveva ripiegato il giornale.

«Cosa urli, cosa... Son qui a dieci centimetri».

Mentre entrava in stanza, nonna Tilde lo aveva guardato con due occhi sospettosi, che al di là delle lenti da tredici diottrie sembravano palle da baseball con la pupilla dipinta. Sì, esatto, entrando nella stanza. Il fatto è che la Tilde portava spesso avanti le conversazioni su due piani diversi. Non in senso metaletterario: la Tilde, grazie alla propria vocina da banditore, era in grado di parlare dalla mansarda con uno che si trovava al piano terra.

«Ora mi dici te cosa ci fa di là ir tu' amìo Ardo cor bimbo?».

«Ma nulla, ruzzano. Cosa voi che facciano?».

«Cosa fanno 'un lo so» disse nonna Tilde, posando sul tavolo una conca di panni. «Però ir tu' amìo è di là colla giacca abbottonata che ci infila dentro le mani der bimbo, e intanto ni dice "ora senti qui", "ora mettila qua" e roba der genere».

Nonna Tilde uscì dalla stanza continuando a parlare, come d'altronde era sua abitudine, alzando ulteriormente il volume della voce.

«Già che 'r tu' amìo Ardo a me 'un m'è mai garbato punto, vero» continuò dallo sgabuzzino. «Sempre vestito elegante, sempre cor un libro in mano, che parla tutto di spizzico, che gli garba la musica classica...». La Tilde rientrò dallo sgabuzzino, resa ancora più minacciosa dal temibile ferro da stiro in ghisa dal peso approssimato di sedici chili. «Te sei grande e vaccinato e sono affari tua, ma che 'un s'azzardi a tocca' 'r mi' nipote cor un mignolo perché lo faccio diventa' un soprano».

«Sì, Ardo». Ampelio scosse la testa (gesto peraltro inutile, visto che la Tilde era tornata nello sgabuzzino). «Ma l'hai presente di chi si sta parlando? Tanto ce l'ha pòo fisse ner capo, le donne».

«Sarà bene che continui e 'un ce le faccia sorti'» replicò la Tilde, poco convinta, rientrando con l'asse da stiro in una mano e un bottiglione d'acqua nell'altro «perché sennò ni ce le rimetto dentro con quer ferro lì. Mi garberebbe sape' cosa fanno, artro che storie».

«Ma te l'ho detto, ruzzano. Ardo ni sta insegnando de' gioìni di prestigio».

«Sarà». La Tilde aveva incominciato a tirare fuori i panni dalla conca, quando le venne l'ultimo dubbio. «E poi, va bene vestissi eleganti, ma l'hai visto come va a giro oggi? Dimmi te, è regolare anda' a giro colla giacca da polizziotto addosso?».

«'Un è da polizziotto. È da vigile urbano».

«E dove l'aveva trovata, la giacca da vigile urbano?» chiese la commissaria, tentando di non ridere.

«Gliel'avevo data io» ammise Pilade, con finto sconforto. «La presi dal magazzino der Comune. Me la chiesero, e io ne la detti».

«Ah, dunque anche lei è coinvolto, alla fine. Però ho l'impressione che non sia esattamente questo il reato di cui stavate parlando, vero?».

I vecchietti tacquero, ridacchiando. Come Massimo, del resto.

«C'è poco da ridere» continuò la commissaria con un tono che faceva pensare tutto il contrario. «Questa è associazione a delinquere. Perdipiù con coinvolgimento di minore. Sarebbe ancora più grave se il minore fosse stato inconsapevole, o se fosse stato corrotto. Avanti, confessi, su. Ha scelto liberamente di delinquere, o le è stato promesso qualcosa in cambio?».

«No, no, ci mancherebbe» puntualizzò Massimo, mentre tirava fuori il giaccone. «Si figuri se rischiavo il sedere per nulla. E, comunque, vorrei mettere in risalto la massima correttezza tra le parti. Mi è stato promesso, e l'ho anche ottenuto. Ora, se mi volete scusare, vado a comprare le sigarette».

«Di bene in meglio. E cosa le ha promesso, la cosca?».
«Un costume» disse Massimo, mettendosi i guanti.
«Un costume? Un costume di Carnevale?».
«Esattamente. Il costume da Zorro».

«Lei deve sapere, signorina» cominciò Ampelio, dopo qualche secondo da quando Massimo era uscito «che Massimo 'un è cresciuto esattamente come tutti quell'altri bimbi».
«Sì, iniziavo a supporlo».
«De', per forza» imbeccò il Rimediotti. «Uno strano a quel modo...».
«No, più che altro per il cognome. Se ho capito bene, lei è il nonno materno. Però vi chiamate Viviani entrambi».
«Cosa ni devo di'...» confermò Ampelio. «È vero, Massimo è cresciuto senza babbo. E, praticamente, anche senza mamma».
«Capisco» annuì la commissaria, con compostezza. «Era molto piccolo, quando è morta?».
Mentre Ampelio si toccava i coglioni a due mani, il Rimediotti ritenne opportuno puntualizzare:
«No, signorina, c'è un qui quo qua. La mamma di Massimo è dimorto viva».
«Solo che di mestiere fa l'ingegnere civile» spiegò Pilade. «Ramo, grandi costruzioni fluviali. Ponti, dighe, chiuse. Più grossi sono, e meglio è».
«Ed è una delle migliori al mondo» aggiunse il Rimediotti «nonostante sia una donna, eh».

«Guarda che non li costruisce lei a mani nude, i ponti» precisò Aldo. «Li progetta con il computer. Non ci vuole tutta questa forza fisica, a usare una tastiera. Comunque, il succo è che questa donna a casa non c'è praticamente mai, è sempre in giro per il mondo. E anche quando c'era il bimbo piccino, lei comunque doveva lavorare. Nella pratica, il bimbo è stato cresciuto da Ampelio e dalla Tilde».

«Ah, ecco. Ora mi spiego tante cose».

«Vero?».

«Ampelio, potrebbe non essere un complimento».

E in quel momento, per fortuna, rientrò Massimo.

«No, signor commissario» disse Massimo, richiudendosi la porta alle spalle. «Che lei ormai entri nel mio bar tutte le mattine, come fosse un locale pubblico, va bene. Ma che faccia i complimenti anche a mio nonno, no. Potrebbe essere suo padre».

«Senta, non faccia tanto il furbo» rispose la commissaria, con tono di finto rimprovero. «Abbiamo più o meno la stessa età. Anzi, a occhio e croce io sono più giovane di lei. E comunque ormai so che lei era un pericoloso criminale già in tenera età, per cui sappia che la tengo d'occhio».

«Tranquilla» rispose Massimo, togliendosi il giaccone. «L'unico delitto che rischio di commettere nel prossimo futuro è l'omicidio di questo vecchio qui a destra, se si azzarda a chiedermi una sigaretta. Visto che ti ho detto che andavo dal tabaccaio, potevi anche chiedermi di comprartele, no?».

Aldo, che era già a ditino alzato, abbassò la mano con rassegnazione.

«Vabbè. Mi toccherà chiederla al signor commissario».

«Sì, se ha un attimo» disse la commissaria, iniziando a frugare nella borsa. «Sa, io le faccio col tabacco...».

«Non c'è problema. Le prendo quella che ha dietro l'orecchio».

E, protesa la mano, la portò accanto all'orecchio della commissaria, ritirandola poi indietro con una sigaretta tra indice e pollice.

La Martelli guardò prima la sigaretta e poi Aldo, con occhi meravigliati. Poi, da autentica femmina, riprese il controllo della situazione.

«Però questa non è una delle mie».

«Infatti è una delle mie» ribatté Massimo con nettezza. «Come minimo me l'ha fregata prima per prepararsi il colpo di teatro, la vecchia merda».

«Io te le chiedo per educazione» confermò Aldo, magnanimo, mentre si accendeva la sigaretta in barba a tutti i divieti antifumo, tanto il venti di febbraio a quest'ora chi vuoi che entri. «Se volessi ti porterei via anche le mutande. Signorina, lei lo sa come funziona un gioco di prestigio?».

«Non esattamente» disse la commissaria, mentendo in parte.

«Allora, il primo elemento del gioco di prestigio è, mi scuso per essere costretto ad usare un termine inglese, la *deception*. In italiano viene tradotto come distrazione, ma non è la stessa cosa. In pratica, si rassicura la vittima e si abbassa la sua soglia dell'attenzione, per esempio mostrandole qualcosa di tenero e potenzialmente inoffensivo».

«Come un bambino vestito da Zorro?».

«Vedo che mi capisce».

Il vigile Parronchi, soddisfatto, si era incamminato lungo il vialetto tra le cabine che portava alla strada principale. Alla sua destra, al di là della fila di cuccioli di casetta, la festa di Carnevale era in piena agitazione. Si stava concludendo la pentolaccia, e fra poco sarebbe partito il concorso per il miglior costume.

Il vigile Parronchi scosse la testa. Be', se c'era gente che si divertiva a far finta di essere deficiente, meglio per lui. Più gente c'era, più persone venivano. E quindi più multe, più permessi, più bancarellai. Il che creava sovrabbondanza, e lo metteva nella posizione sovrana di poter assegnare i posti senza dover rendere conto a nessuno. Sarebbe stato da stupidi non approfittarne.

Con un colpetto soddisfatto, il vigile Parronchi verificò la presenza del portafoglio nella tasca sinistra della giacca, massaggiandolo poi un pochetto per dargli conforto dopo quel pomeriggio di duro lavoro. Il povero utensile, infatti, non solo era stato aperto più volte, ma aveva visto il proprio carico aumentare considerevolmente.

Mentre riportava la mano nella tasca dei pantaloni, il Parronchi udì un rumore alle proprie spalle. E si allarmò.

In effetti, quando si era infilato dentro il vicoletto, il vigile Parronchi si era chiesto se esistesse la remota possibilità che uno dei bancarellai con cui aveva, diciamo così, contrattato si infilasse nello stretto passaggio per gonfiarlo di botte, ma aveva scartato l'ipotesi con sicurezza. Era vicino a un posto affollato, e per di più era armato. Quel rumore non poteva essere stato prodotto da un bancarellaio in vena di vendetta.

E difatti, voltandosi (non di scatto, come il genere del racconto richiederebbe, ma con una certa apprensione, in pieno rispetto dei canoni del racconto giallo), realizzò con un certo sollievo che non c'era da preoccuparsi.

Dietro di lui, nel vicolo, c'era solo un bambino.

Un bambino vestito da Zorro.

«Risolto quindi il problema della *deception*» disse Aldo «il secondo elemento da considerare è l'empatia».

Davanti a lui, la commissaria, con il secondo cappuccino in mano e l'espressione rapita del bimbo a cui raccontano le fiabe, sorrise.

«Certo, come nelle truffe». Sorsino. «È essenziale che la vittima entri in sintonia col truffatore». Altro sorsino. «Anzi, è necessario che creda di essere proprio la vittima a condurre il gioco».

«Esatto. Nel nostro caso, questo secondo aspetto del problema era già risolto. Il Parronchi era un vigile, Massimo era un bambino. Restava solo da stabilire l'empatia. Fare in modo che tra Massimo e il vigile scattasse qualcosa. Mica facile. In fondo, come detto, il Parronchi era noto addirittura all'interno degli stessi vigili per essere uno stronzo».

«E quindi, come avete fatto?».

In qualità di Esperto dei Fatti degli Altri, Pilade intervenne con autorità.

«Vede, quando s'era al barre, il Parronchi era uno di quelli che esprimono le loro idee *coram populo*» disse l'ex impiegato comunale con insolito garbo, per via del fatto che in fondo si parlava di lavoro. «Non se le tengono per sé, vogliono che il mondo sappia».

«E noi sapevamo come la pensava su tante cose» completò Aldo. «Sul Carnevale, per esempio, come festa, aveva le idee chiarissime».

«E te cosa ci fai qui?».

Il bambino, reso ancora più bambino da un paio di baffetti in stile messicano veramente grotteschi, scosse la testa.

«Mi hanno portato alla festa, ma io mi annoio. A me non mi piace mica, il Carnevale».

Il vigile Parronchi si avvicinò al bambino, con un barlume di comprensione.

«E cosa ti piace, allora?».

Da dietro alla fascia nera, il bimbo chiuse gli occhi, e li riaprì.

«Se proprio bisogna andare alla festa, avevo detto che volevo un costume ganzo. Con la pistola. Ma non una roba del secolo scorso, come questo affare qui. Con la spada, e chi la usa più la spada? Io volevo la pistola. Come quella».

Il vigile Parronchi guardò alla propria destra, dove nella fondina riposava una Beretta d'ordinanza che non aveva sparato un colpo dal giorno del collaudo. Tuttavia, conscio del proprio ruolo sociale, il Parronchi toccò l'arma un paio di volte, con un fare da pistolero del cinema.

«Eh, questa è roba da grandi» disse, aspettandosi l'inevitabile domanda sulla possibilità di toccarla.

«Potrei...» iniziò il bambino, e il Parronchi, nella sua mente, completò. Toccare la pistola no, bimbo. È pericolosa. «... potrei provare la sua giacca?».

«Come?».

«Potrei vedere come sto con una giacca vera da poliziotto addosso? Con le mostrine e i gradi?».

Per un attimo, il Parronchi si sentì quasi utile alla società. Ecco un bimbo bravo, che riconosce l'autorità e sa quali sono i modelli a cui aspirare. Con un sorriso paternalistico, si tolse l'indumento e lo mise addosso al bambino.

«Uau» disse il bambino, guardandosi, con le maniche ciondoloni, e agitandole contento. «È bellissima».

«Vero? Adesso però ridammela, lesto, che devo tornare a lavorare» disse il vigile Parronchi, con autorità, va bene che i bimbi alle volte son simpatici ma dopo poco già ti vengono sui coglioni.

«Ecco» disse il bambino, lasciando che il vigile lo aiutasse a levargli la giacca di dosso. Dopodiché, appena uscito dall'indumento, partì di corsa. Forse per la vergogna, pensò il Parronchi. O forse per tornare dalla mamma.

Mamma che, come fu chiaro al Parronchi un attimo dopo mentre tastava la giacca, doveva essere una gran puttana.

Perché quel figliolo gli aveva appena rubato il portafoglio.

«Ma voi siete pazzi» disse la commissaria, dopo che ebbe smesso di ridere. «Voi siete da rinchiudere».

«Vedo con piacere che il signor commissario è d'accordo con me su questo punto fondamentale» disse Massimo, portando alla Martelli il cappuccino numero tre. «Se fosse possibile, si potrebbe provvedere anche stamattina».

«Zitto lei, che rubava da quand'era in fasce» rimbeccò la commissaria, prendendo il cappuccino dalle mani di Massimo. «E se il vigile fosse partito a corsa, appena se ne fosse accorto?».

«È esattamente quello che è successo» rispose Massimo asciutto, portando via la tazza del cappuccino numero due, asciutta anch'essa.

Sulla sabbia, più si è pesanti e più si corre male. Al momento in cui fosse arrivato sulla sabbia, il bambino avrebbe avuto un vantaggio incolmabile.

Questo pensava il vigile Parronchi, lanciato a corsa dietro il figlioletto di donnaccia che distava una decina di metri, apparentemente in leggero aumento.

Ciononostante, una volta arrivato alla spiaggia, sarebbe bastato al vigile Parronchi mantenere, come dicevano quelli della CIA, il contatto visivo: individuare il bambino vestito da Zorro e seguirne i movimenti, per poi accerchiarlo e costringerlo, con discrezione e con qualche ceffone, a mollare il maltolto.

Per questo quando il bambino, arrivato alla fine della fila di panchine, voltò sulla spiaggia e scomparve alla vista, il vigile Parronchi si sentiva abbastanza sicuro di sé. Il marmocchio aveva al massimo un paio di secondi di vantaggio.

Vantaggio che aumentò incalcolabilmente quando il vigile Parronchi voltò sulla spiaggia, ritrovandosi in mezzo a una ventina di bambini vestiti da Zorro.

«Quando Massimo è andato dietro al vigile, nel viottolo dietro alle cabine, io non ho fatto altro che dare il via al concorso per la maschera più bella. Che si inizia, come tutti sanno, dividendo i bambini per categorie». E, dopo essersi messo le mani a megafono davanti alla bocca, Aldo cominciò: «Categoria numero uno, bambini vestiti da Zorro. Tutti i bambini vestiti da Zorro in fondo alle cabine. Ripeto, i bambini vestiti da Zorro, tutti i bambini vestiti da Zorro vadano in fondo alle cabine». Aldo abbassò le mani, con aria compunta. «E pam, venti marmocchi in maschera nera, cappello nero, baffetti tinti e spadino di gomma radunati tutti assieme. O trovalo, quello che ti ha fregato il portafoglio».

La commissaria levò gli occhi pallati da Aldo e li riportò, sempre pallati, su Massimo, che si era portato al suo fianco in atteggiamento attento e professionale.

«Ma, scusa, come hai fatto a levare il portafoglio dalla giacca senza fartene accorgere?» chiese infine la ragazza, passando involontariamente dalla terza alla seconda singolare.

«Me l'ha insegnato lui. Guarda».

E Massimo, preso il giaccone, se lo mise addosso con mosse un po' goffe da bambino, finendo per infilare nella manica il braccio destro piegato, invece che steso, in modo che solo il gomito entrasse nel tunnel. Poi, iniziò a sbatacchiare la manica con allegria.

«Vedi, in questo modo posso muovere la manica, esattamente come potrebbe fare un bimbo con le sue braccine corte e nanose, e al tempo stesso la mia mano destra è a pochissimi centimetri dalla tasca sinistra della giacca. Tieni conto che questa giacca è della mia misura, mentre quella del vigile Parronchi era tre volte me. Non si vedeva assolutamente che avevo dentro solo il gomito, avevamo fatto le prove davanti allo specchio. Basta sbatacchiare un pochino e, nel frattempo, levare il portafoglio e farlo scivolare nella fusciacca del costume, che è proprio lì sotto. Vedi?».

Massimo, con gesto da maniaco d'altri tempi, si aprì il giaccone a due mani. L'unica pelle in vista, però, risultò quella del suo portafoglio, ben infilato tra i pantaloni e la camicia.

La commissaria, mandando via il sorriso dalla bocca in giù, riprese Massimo con severità.

«Ma bene. Quindi fra i potenziali criminali di Pineta mi trovo costretta a inserire anche lei» disse, per poi voltarsi verso i senatori a vita. «Per non parlare del signor Aldo. Non solo istigazione al furto, ma anche corruzione di minore».

«Nessun furto» negò Aldo recisamente. «O meglio,

nessuna appropriazione indebita. Il bottino è stato interamente restituito alla parte migliore della società».

«Cioè?».

I quattro vecchietti si guardarono, come chi si pregusta la parte migliore della storia.

«La cosa più difficile» cominciò Ampelio, appoggiandosi al bastone «è stata convince' una ventina di bimbetti a travestissi da Zorro. Oramai era l'anni Settanta, i bimbi si volevano travesti' da Mazzinga, da Gòrdreik, da Gìg robò, e tutte quest'artre segate giapponesi vì».

«Venti costumi da Zorro tutti uguali» ricordò Aldo, con tono da generale che rimembra la compostezza delle truppe schierate prima della battaglia. «Li feci ordinare dal negozio del Baglini, che non voleva, dicendogli di stare tranquillo che li vendeva tutti. E se non li vendeva, le rimanenze gliele avrei comprate io».

«E invece, tutti vestiti da Zorro quell'anno? Cosa gli avete promesso, parte del maltolto?».

«I bimbi de' sordi 'un se ne fanno di nulla» rispose Ampelio, sereno. «Semplicemente, co' vaìni s'andò da' bancarellai onesti, quelli che 'un avevan pagato quella merda del Parronchi, e s'è aperto un conto ai bimbi. Tutti i bimbi vestiti da Zorro potevano presentassi lì e servissi gratisse finché 'un finivano ir conto».

«Ah» disse solo la commissaria. Per poi chiedere, dubbiosa: «E nel caso li avessero finiti?».

«Non c'era rischio» rispose Aldo. «Il Parronchi aveva chiesto cinquantamila lire a testa. Venivano fuori trecentocinquantamila lire tonde tonde» Aldo indicò Pilade, forse per avere conferma, forse per far capire bene cosa intendeva, chissà «che divise per venti facevano sedicimilaseicentosessantasei, virgola sei periodico, lire di dolciumi a testa».

«Veramente, trecentocinquantamila diviso venti faceva diciassettemilacinquecento» interloquì la commissaria. «E lo fa tuttora. Uno punto sei periodico sarebbe trentacinque diviso ventuno».

Se siete rimasti sorpresi, sappiate che siete in buona compagnia. Di solito, queste divisioni non vengono spontanee; e Massimo, che stava per intervenire con la sua solita pedanteria da bambino di quarta elementare, si fermò con un misto di ammirazione e disappunto.

«Ventuno, infatti» riconobbe Aldo. «Deve ricordarsi che Massimo, qui, aveva avuto parte attiva e rischiato personalmente nella faccenda, e quindi gli toccava dose doppia. Ma anche con questo, eravamo al sicuro. Nessun bambino è umanamente in grado di sgovonarsi sedicimila lire di troiai nel giro di un Carnevale».

«E infatti, 'un ci riuscì nessuno» commentò Pilade, con la delusione tipica di chi pensa guardalì i giovani d'oggi che vagabondi, quand'ero ragazzino io non sarebbe rimasta nemmeno la tendina della bancarella. «Ci riuscì solo quello che se ne poteva scofanare il doppio. Vero, Massimino?».

La commissaria voltò lentamente lo sguardo verso Massimo. Che, annuendo lentamente, confermò:

«Trentatremilatrecento lire di croccante, liquirizia, torrone e orsetti gommosi» disse, con la finta tristezza di chi è consapevole di aver compiuto un'impresa cretina, ma comunque epica.

La commissaria, o meglio, Alice trattenne lo sguardo. Poi, le sopracciglia si alzarono insieme agli angoli della bocca, nel sorriso pieno e stupefatto di chi capisce qualcosa all'improvviso.

Nella fattispecie, l'origine del mal di pancia di cui si era parlato all'inizio.

«Sono stato sei giorni senza andare in bagno» confermò Massimo. Senza precisare che, all'alba del settimo giorno, nonna Tilde aveva sentenziato che ci voleva l'aiutino e aveva issato sul pennone di poppa la madre di tutti i clisteri: nella memoria di Massimo, dieci litroni di camomilla e malva alla temperatura di fusione del vanadio.

«E ci credo. Altro che mal di pancia...».

E giù risate, mentre Massimo rimirava i cocci della sua ultima tazzina di dignità.

«Ma te ti fidavi così tanto?».

Erano passati dieci minuti. I vecchietti si erano rintanati nella sala biliardo, a passare quel che restava della mattinata con un piacevole giramento di palle. La commissaria, che evidentemente quel giorno non aveva nulla da fare, stava traccheggiando alla cassa, tra i lecca lecca e i dolcetti con cui i bar di ogni latitudine tentano di convincere il cliente a liberarsi degli spiccioli.

«Erano adulti. E io ero un bambino. Se loro dicevano che non c'era da preoccuparsi, non c'era da preoccuparsi. Sei e cinquanta, grazie, sì». Massimo, incamerando il biglietto da dieci, cominciò a rufolare nella cassa. «Era ancora il periodo in cui ero convinto che i grandi avessero sempre ragione solo perché erano più esperti di me».

«Già». La commissaria mise via il portafoglio, e tirò fuori dalla borsetta un picoborsellino viola fosforescente gommato. «Poi si cresce».

«E poi, mettici la soddisfazione». Massimo posò sulla piccola roulette accanto alla cassa tre euro e cinquanta, e dette un piccolo giro. «Io ero piccolo, facevo le elementari, e questi grandi si fidavano di me. Mi sono sentito James Bond, altro che Zorro».

«Be', questo in effetti è notevole». La commissaria fermò la roulette, prese il resto e lo mise nel picoborsellino, non senza difficoltà. «Dovevi essere un bambino eccezionale».

Massimo scosse la testa.

«Semplicemente uno che si applica finché non vede che una cosa non gli riesce. Un po' come con l'aritmetica. Fai tante divisioni, e a un certo punto inizia a venirti naturale». Massimo chiuse il cassetto del registratore e, subito dopo, lo riaprì, facendogli fare uno scatto soddisfatto. «Faccio molto meglio i conti aritmetici ora, dopo dieci anni da barrista, che quando ero all'università. Il che, parlando di divisioni, mi fa venire un dubbio».

«Non ci sei mica solo te, sai, che fai un lavoro diverso da quello per cui hai studiato» disse Alice, rimettendo la borsa in ordine. «Io ho fatto Fisica. E con i calcoli aritmetici ero un mostrino. Il mio professore ci era fissato, diceva che per avere il senso delle cose devi essere in grado di calcolarle. E aveva ragione».

«Senti lì» disse Massimo, inclinando la testa di lato. Un commissario laureato in fisica. A cui piaceva il suo bar. Gli dèi sono decisamente gente spiritosa.

«Se è per quello ho anche iniziato il dottorato in Ingegneria elettronica» rimarcò Alice. «Gli anni peggio utilizzati della mia vita. Allora, visto che mio fratello nel frattempo si era iscritto a Economia, e voleva una mano con matematica, mi sono detta perché no. Lo aiutavo a ripassare, il che significa che lo facevo studiare a frustate, e alla fine mi presentavo anche io agli esami. Se non altro, ho raggiunto una certezza».

«E quale? Volevi fare giustizia del mondo?».

«Sarebbe bello, vero» disse Alice. «"Ho visto una tale quantità di ingiustizia nel pubblico ateneo che il mio senso etico si è ribellato, e ho deciso che dovevo fare qualcosa". No, tranquillo. Più che altro è il mio senso estetico che si è ribellato. Ho passato sette anni della mia vita chiusa in dei capannoni, spalla a spalla con degli zombi. Volevo un lavoro che mi permettesse di stare anche all'aria aperta, faccia a faccia con degli esseri umani».

«Ah be', qui ne trovi quanti ne vuoi» la rassicurò Massimo, chiudendo la cassa. «Sia di esseri umani, che di lavoro. È qualche anno che ne fanno fuori uno ogni dodici mesi, degli enti di cui sopra. Senza contare le festività».

Aria di montagna

Non appena la mano di Massimo si era mossa, la ragazza aveva chiuso gli occhi.

E Massimo si chiese se per caso non avesse avuto troppa fretta.

Era da tempo, da parecchio tempo, che Massimo non si ritrovava in una situazione del genere con una donna; ed era invece da poco tempo, in fondo, che per Massimo la commissaria era diventata semplicemente Alice.

Adesso era da un tempo molto breve, forse qualche secondo, ma che a entrambi sembrava lunghissimo, che Massimo e la commissaria, l'uno di fronte all'altra, avevano smesso di parlare, senza per questo ignorarsi. Anzi.

La mano di Massimo si posò sul fianco della donna, con una morbidezza non priva di esitazione.

Ma ormai, tornare indietro non si poteva.

Lo sapevano tutti e due, come lo sanno tutti: sono queste, da millenni, le regole del gioco. Alice socchiuse gli occhi, e sporse il viso verso Massimo. Impercettibilmente. Ma inequivocabilmente.

Fallo, diceva la ragazza. Fallo, e basta.

La mano di Massimo si fece più decisa. Con un gesto più naturale di quanto si aspettasse, prese la donna e la tirò a sé, portandosela più vicino.

E a quel punto, successe.

Non appena la mano si fermò, la destra di Alice scattò come un fulmine, con uno schiocco. Secco, deciso e inaspettato.

Massimo restò immobile. Immobile, e improvvisamente consapevole di aver fatto la cazzata.

Dopo un attimo, alzò lo sguardo, incrociando gli occhi di Alice.

Che, sorridendo, confermò:

«Eh sì, hai fatto la cazzata. È matto in tre mosse, caro».

Massimo riportò lo sguardo dalla scacchiera sul suo arrocco, di fronte al quale la commissaria aveva appena schiaffato un alfiere nero e beffardo che adesso si stagliava davanti al re bianco con insolenza.

«No, aspetta...».

«C'è poco da aspettare, bello mio. Adesso è forzata, o metti il re in a1 o ti do matto. A quel punto io faccio così...» la mano della commissaria, dopo aver mosso il re di Massimo, spostò nuovamente l'alfiere scoprendo una torre in fondo al proprio schieramento, «e tu a questo punto...».

«Sì, sì, temo di aver capito, grazie. Evita di muovere ulteriormente i miei pezzi, mi dà fastidio che gli altri tocchino le mie cose». Massimo, con gesti mesti, cominciò a raccogliere i pezzi sulla scacchiera. «Avevo il sospetto che muovere la donna fosse prematuro, ma non sapevo che cosa fare. E quando mi è venuto il dubbio, non potevo tornare indietro».

«Eh sì, eh. Pezzo toccato, pezzo spostato. È la regola». La commissaria spense il cronometro. «Guarda, quanto mi fanno incazzare quelli che prendono in mano un pezzo, lo lasciano a mezz'aria e poi lo rimettono a posto, non ne hai un'idea. Glielo farei mangiare».

Mentre Massimo continuava a raccattare, la commissaria si appoggiò allo schienale della sedia, per esibire la magnanimità tipica del vincente.

«Comunque, non giochi male. Hai fatto solo degli errori di foga. Tipico di chi ha furia di vincere. Per esempio, la donna hai incominciato a muoverla troppo presto già all'inizio della partita». La commissaria, ormai pienamente a suo agio nei panni di Alice, incominciò a frugare dentro la borsa di tela arancione, estraendone una pochette di tela arancione. «Invece bisogna sempre ricordarsi che i pezzi vanno mossi in modo gerarchico, prima i pedoni e gli alfieri, poi inizi a roteare i cavalli, e solo quando il gioco è sviluppato muovi le torri, e ti prepari i corridoi per la regina. Veri o finti che siano».

«Bene, credo che non sia il caso di fare altre partite» decise Massimo, prendendo così la prima decisione strategica giusta della giornata.

«Battuto da una donna a un gioco di intelligenza» disse Alice scuotendo il capo con finta mestizia, mentre prendeva tabacco e cartine dalla pochette. «Che disonore».

«Be', non troppo» si difese Massimo, chiudendo la scacchiera con l'aria di chi si ripromette di aprirla presto. «In fondo gli scacchi sono un gioco molto femminile».

«Ora mi stai prendendo per il culo, vero?».

«Sono serissimo. È la natura stessa del gioco. O metti a posto le tue cose come si deve, oppure sono guai».

«Se non ci fossimo noi a rompere i coglioni, caro, il genere umano si sarebbe estinto da un pezzo» asserì Alice, che non appena finita la sigaretta presumibilmente si sarebbe apprestata a tornare commissaria. «E non per motivazioni biologiche. Quanto uno è importante te ne rendi conto solo quando non c'è».

«Verissimo» assentì Massimo. «E se è vero per uno, figurati per quattro. Avrai notato che da qualche giorno a questa parte questo posto è un'oasi di pace e serenità. Merito soprattutto del fatto che il Movimento Quattro Vecchi è andato in trasferta».

«Non intendevo esattamente questo. A proposito, quando tornano, di preciso?».

«Oggi è giovedì. Sono partiti domenica, quindi ancora tre giorni».

«Così tanti?».

«Punti di vista. Comunque sì, tre giorni esatti. La gita delle Poste dura una settimana precisa».

La gita delle Poste era, tra le tante irrinunciabili abitudini dei vecchietti, una delle poche che Massimo approvava incondizionatamente. Tra la terza e l'ultima settimana di maggio, i quattro meno uno prendevano le rispettive consorti e si levavano dai coglioni per sette diconsi sette giorni filati; Aldo, essendo vedovo e dovendo mandare avanti il ristorante, rimaneva a Pineta, ma Aldo da solo era più che potabile.

Sette giorni in cui il bar rimaneva nelle mani di Massimo, che sottolineava la cosa marcando il territorio a livello acustico, mettendo a palla Village People, Dire Straits, Nick Kershaw e qualsiasi altro musicista di quelli che ascoltava quando era giovane, manifestando così a ritmo di anni ottanta la contentezza di essere libero dagli ottantenni.

I quali, dal canto loro, nei sette giorni di gita organizzata riuscivano comunque a dare il meglio, pur giocando fuori casa e pur scendendo ogni anno in un albergo diverso, secondo i gitanti «perché così ci si annoia di meno», secondo le mogli dei gitanti «perché du' vorte nello stesso posto 'un vi ci farebbe torna' nemmeno Madre Teresa di Carcutta, è da stupissi che 'un abbiano ancora messo le foto segnaletiche». Non che le mogli avessero tutti i torti: la compagnia, infatti, pur essendo di composizione variabile aveva anche un certo numero di partecipanti storici tra i quali, oltre ai nostri pluriagenari, spiccavano parecchi altri personaggi di un certo spessore, ognuno dotato di una propria specialità.

Menzione d'onore, secondo molti, toccava al ragionier Barlettani, instancabile organizzatore di passeggiate che coinvolgevano gli ospiti di tutto l'albergo nonché di varie strutture limitrofe: immancabilmente, durante le soste delle passeggiate (necessarie per dare sollievo a protesi e prostate) chiedeva a un gruppetto di gitanti se volevano qualcosa di forte da bere, e avuta risposta affermativa distribuiva bicchierini di vetro e, dulcis in fundo, tirava fuori dallo zaino un pappagallo da ospedale pieno di grappa di color paglierino, col tappo di sughero, e alle rimostranze degli utenti rispondeva risentito «ò, questa è tutta roba fresca, eh. L'ho fatta proprio stanotte, te lo giuro».

Altro elemento temibile era il geometra Lo Moro, il quale sosteneva di parlare correntemente il tedesco e si proponeva puntualmente di tradurre menù di ristoranti, richieste di camerieri e altre contingenze verbali per i suoi compagni, causando non di rado situazioni di non ritorno. Una volta, ad esempio, il perito Bambagioni fece chiedere al bigliettaio della corriera quanto costava andare fino a Corvara e si sentì rispondere per interposto geometra «per uno così grasso dipende, se non entra in un seggiolino solo deve pagare il posto doppio», il che portò il Bambagioni a reagire in modo rusticano urlando in maniera scomposta che era l'ora di invadere l'Alto Adige, requisire le cantine, sgozzare le mucche, strangolare ogni singola trota e dare fuoco a tutte le sculture di legno della Val Gardena dopo averle ammonticchiate bene bene; il tutto agitando un indice lardoso ma temerario di fronte all'interdetto bigliettaio la cui risposta originale, in realtà, era stata «solo andata quattro e dieci, andata e ritorno costa doppio».

«Allora, a me mi sa che devo tornare...».

In commissariato, stava per completare la commissaria, quando il discorso venne troncato da un'allegra musichetta. La musichetta, nella fattispecie, era la sigla di *Gig robot d'acciaio*, e la sorgente si rivelò essere il telefonino della commissaria, che dopo aver guardato il numero con l'aria di chi non riconosce fece scivolare il dito sullo schermo, per poi portarsi il telefono all'orecchio.

«Pronto?».

Silenzio esplicativo.

«Bah, guarda lì che coincidenza» disse la commissaria, con allegria. «Si stava giusto parlando di voi. Come state?».

Silenzio di durata intermedia, nel corso del quale a un certo punto la ragazza cambiò decisamente espressione.

«Un fattaccio? Che genere di fattaccio?».

Silenzio breve.

«Addirittura».

Silenzio lungo, durante il quale la commissaria si accigliò ulteriormente.

«Eh. Ho capito. Ma vi hanno chiesto qualcosa a voi?».

Silenzio non privo di disagio.

«Mhm. E quindi io, Pilade, cosa dovrei fare, scusi?».

Silenzio. Solo silenzio, nonostante Massimo avesse teso le orecchie come un dobermann. Porca Eva, quando sono qui urlano che nemmeno Tarzan con un dito nella porta, e al telefono con Alice sussurrano. Ma dimmi te.

«Ma nemmeno per idea» esplose Alice, ridendo solo con la bocca, mentre gli occhi esprimevano autentico sgomento. «Io non posso...».

Silenzio inopportuno. Alla fine del quale, la commissaria cambiò espressione anche con la bocca. Per non parlare del resto del corpo.

«Cosa avete fatto voi?».

Mentre Pilade, presumibilmente, ricominciava a parlare, la commissaria fece un gesto inequivocabile verso Massimo.

Questi sono pazzi, disse il dito della ragazza.

Benvenuta nel club, rispose Massimo, allargando le braccia a mo' di invito.

«I tuoi amici sono pazzi».

«Intendi i miei clienti abituali. Scusa sai, ma gli amici uno se li sceglie». Massimo posò il vassoio sul tavolino, senza sedersi. «Comunque sì, sono d'accordo. Qualsiasi cosa abbiano detto, sono d'accordo. Adesso, potrei sapere cosa ti hanno detto?».

«Ma te non eri quello a cui non gliene fregava nulla?».

«Puro interesse professionale» si giustificò Massimo. «Se li arrestano e li trattengono per un altro mesetto, ho degli ordini da fare. Champagne, fuochi artificiali, roba così».

«Niente, è successo che al supermercato del paese, lì a Ortisei, hanno...» la commissaria chiuse il telefonino e si guardò intorno. «Hanno trovato morta una persona».

«Per morta, intendi...».
«Intendo strangolata. Così mi hanno detto loro».
«Ho capito. Be', se ti arrabbi per così poco, fatti dire che sei capitata nel posto sbagliato. Che i soggetti in questione portano merda ormai è assodato. Io devo dire che ero convinto funzionassero solo a Pineta, e invece si vede che il malefico flusso li segue. Dove sono loro, ammazzano qualcuno. Non so se ci contino, ma ormai lo sanno».
«Lo sanno sì, lo sanno» confermò con una certa stizza la commissaria, guardando Massimo negli occhi. «Lo sai cos'hanno fatto?».
Domanda chiaramente retorica, per cui Massimo attese.
«I cari ragazzi sono andati dal vicequestore locale a dire che loro sono esperti di crimini, che hanno aiutato varie volte le forze dell'ordine a risolvere casi, e hanno dato il mio nome come referenza».
Massimo ritenne opportuno continuare a tacere. La commissaria, sbuffando, si alzò dalla seggiola, spazzolandosi via le briciole della brioche dai pantaloni.
«Ora come minimo mi chiamerà il vicequestore in vicequestione e dovrò spiegargli che io non c'entro un beatissimo. E comunque non è che ci vada a fare una gran figura, a far sapere in giro che uso dei pensionati come consulenti».
«Perché no? Siamo in Italia, in fondo. Siamo pieni di professori emeriti, senatori a vita e centoventagenari assortiti nei posti che contano, a badare che i giovani, quelli che hanno meno di settant'anni, non faccia-

no troppo casino quando tentano di fare le cose per davvero».

La commissaria scosse la testa, pensando sicuramente a qualcuno un po' troppo anziano per i suoi gusti, anche se non era chiaro chi.

«Pensare che mi stanno anche simpatici» chiarì, poi, prendendo la borsa e mettendosela a tracolla.

«La prima mezz'ora lo sono. È viverci accanto, che ti sfianca».

Erano le sette di sera, al BarLume. Esattamente come in tutto il resto di Pineta. Il sole, dopo aver lavorato tutto il giorno per rosolare i bagnanti, stava per concedersi anche lui un buon bagno all'orizzonte, lontano da occhi indiscreti. Il BarLume, invece, era in piena attività, tra Negroni sbagliati, spritz, patatine, olive, fiori freschi sui tavolini, fiori di carta nei bicchieri e fiori fritti nei piatti, mentre tutto intorno si vedeva gente di ogni specie. Gente seduta, gente in piedi, gente sul punto di barcollare; ma, in ogni caso, nessuno che sembrasse avere la minima fretta.

Nessuno tranne la commissaria, che attraversò la calca con l'aria di una che ha solo bisogno che qualcuno la provochi per scaraventarlo in terra e finirlo con un flamenco di calcagnate.

Arrivata di fronte al bancone, la commissaria cercò di attirare l'attenzione di Massimo, alzando una manina nervosa ma comunque beneducata al di sopra della testa.

Purtroppo, Massimo era assorto in una scherzosa conversazione da bancone con una turista norvegese con un'aria decisamente single in viso e un solido e orgoglioso double sotto la canottiera. I due parlottavano sorridendo, la ragazza con sorriso aperto a molte possibili interpretazioni, Massimo con l'aria dell'autentico uomo di mondo che sfoggia la propria disinteressata cortesia e intanto tenta di ricordarsi quando ha cambiato le lenzuola. Entrambi, comunque, così assorti nel conversare in britannico da non accorgersi che all'altro lato del bancone c'era una tizia che tentava di richiamare l'attenzione a due mani, in modo molto mediterraneo.

Massimo si stava chiedendo, mentre parlava, come fosse possibile che le ragazze nordiche riuscissero a risultare così attraenti anche vestite con roba della Geofor quando un fischio lacerò l'aria, netto e penetrante, stagliandosi sopra la voce di Jimmy Somerville che chiedeva con non troppa sincerità a Sarah Jane Morris di non lasciarlo.

Massimo, voltatosi, vide la commissaria dall'altro lato del bancone levarsi le due dita dalla bocca e indicarsi, annuendo.

«Mamma mia che fretta. Stavo parlando».

«L'ho visto che stavi parlando, pedofilo. Avrà vent'anni al massimo. E comunque ho bisogno di parlarti anch'io».

«Mi fa piacere. Che ti faccio? Spritz? Negroni sbagliato? Franciacorta?».

«Sono in servizio».

«Anch'io» disse Massimo, indicando il fatto che tutt'intorno c'era un bar che brulicava di gente.

La commissaria si voltò, valutò e tornò a fissare Massimo dritto negli occhi.

«Quanto tempo dura la fiera del bestiame?».

Massimo guardò l'orologio, non senza prima aver gettato un'occhiata in giro, alla ricerca della normanna.

«Se hai un'oretta di pazienza, ci sono».

«E se non ce l'avessi?».

Massimo si voltò di nuovo, scorgendo la vichinga seduta a uno dei tavolini sotto l'olmo, in conversazione ravvicinata con un tatuato giovane e gagliardo.

«Te ne presto un po' della mia. Ne ho talmente tanta, a volte, che non so che farmene».

«Allora, è successo questo. Io, oggi pomeriggio, ho telefonato in questura a Ortisei e ho parlato con questo vicequestore Kammerlander, spiegandogli per bene che tuo nonno e quegli altri due sono dei cari vecchietti un po' rintronati che non hanno niente da fare tutto il giorno».

Quando aveva chiesto ad Alice cosa volesse, per un attimo Massimo aveva temuto che la ragazza ordinasse un cappuccino. Per fortuna, dopo aver scartato un succo di pomodoro – ho la gastrite – e una Coca-Cola – fa male ai denti – si era adattata al rinomato analcolico al sedano che Massimo riservava ai clienti più masochisti. Analcolico che era rimasto quasi intonso, dato che la commissaria si limitava a roteare il bicchiere, osservando il ghiaccio che vorticava nel verde pallido.

«E fin qui ti seguo» rispose Massimo con in mano

un bel bicchiere di rum scuro, destinato a rimanere l'unico particolare da vero uomo della serata.

«Bravo. Vediamo un po' se continui a seguirmi se ti dico che mezz'ora dopo mi ha telefonato il questore di Bolzano diffidandomi dall'occuparmi della questione e dicendomi testualmente "non è richiesta né gradita alcuna ingerenza nella gestione delle indagini"».

«Ecco, no. Qui non ti seguo tanto».

«E meno male. Secondo me, poi, se ti dico che mi ha telefonato il sottosegretario al ministero degli interni per ribadirmi che il caso non è assolutamente da considerarsi sotto la mia giurisdizione, e che da questo momento devo non solo smetterla di occuparmene, ma fare in modo che altre persone a me note non ci ficchino il naso, mi segui ancor meno».

La commissaria prese un sorso da uccellino dal suo bicchierone fiorito, poi continuò, guardando il bicchiere:

«Se c'è una cosa che non devi fare con me, è dirmi che non devo fare una cosa. Rendo l'idea?».

«Hai voglia».

«Bene. Allora, io di questa cosa con i miei colleghi non ne posso parlare. A parte il fatto che ufficialmente non potrei occuparmene, Pardini ha l'intelligenza di un davanzale e Tonfoni sulla scala evolutiva si posiziona dalle parti di Cro-Magnon. Però mi sono fatta un'idea».

«E vuoi discuterne con qualcuno».

«E voglio discuterne con qualcuno. Siccome mi sembra di aver capito che sei uno dei pochi esseri senzienti qui nei dintorni, e sicuramente sei l'unico in grado di mantenere riserbo se uno te lo chiede...».

«Presente. Allora, sì, credo che la tua idea sia giusta».

«Ma se non sai nemmeno qual è».

«Be', anche tu mi sembri un essere di intelligenza ragguardevole. Presumo quindi che ti sia venuta in mente l'unica cosa sensata che può spiegare questo comportamento, ovvero...».

«Ovvero?».

«Ovvero che la vittima fosse una persona che viveva sotto protezione».

La commissaria, senza dire nulla, portò il bicchiere vicino alla bocca, imboccò la cannuccia e dette una ciucciatina esplorativa.

«Un pentito, o meglio, una pentita che si trovava nel Nord Italia sotto falsa identità. Di più, non posso dire».

La commissaria, con la cannuccia ancora in bocca, annuì. Poi, decannucciatasi, prese la parola:

«Posso io. Il sottosegretario mi ha detto che il caso non è sotto la mia giurisdizione. Allora, visto che si parla di Ortisei, per quale motivo avrei mai potuto pensare che il caso avrebbe potuto essere di mia competenza? Solo perché tuo nonno è in gita lì?».

Be', effettivamente...

«Te lo dico io perché». La commissaria posò il bicchiere con l'evidente intenzione di non toccarlo più. «Perché la vittima è di qui. Perché la vittima ha a che fare con il posto dove siamo, c'è nata o c'è vissuta».

Massimo alzò un dito.

«Quindi, secondo te, abbiamo una donna che viene da Pineta e che vive sotto falsa identità, e sotto protezione dello Stato. Scusa, io ho sentito parlare di boss del Brenta, ma donne mafiose che vengono dalla Toscana costiera mi sembrano un po' improbabili».

«E chi ha parlato di mafia?».

«Pronto, Hotel Weisshorn? Sì, salve, mi chiamo Massimo Viviani. Avrei bisogno di parlare con uno dei vostri ospiti».

Ai lati del telefono, uno davanti all'altro, Massimo e la commissaria pendevano sopra l'altoparlante, con le teste che quasi si toccavano.

«Sì, quale ospite?».

«Si chiama Ampelio Viviani. È della comitiva di Poste Italiane».

«Ah. Capito».

La voce della receptionist uscì con fastidio, non solo a causa della distorsione del vivavoce.

«Camera 344. Vuole che glielo passi in camera?».

«Mah, se è in camera...».

Si udì un piccolo scatto, seguito subito dopo da una adeguata *Marcia di Radetzky* per carillon telefonico. La quale andò avanti per un minuto buono, per poi venire ex abrupto sostituita da un suono ancora più marziale, ovvero la voce di nonna Tilde.

«Pronto!».

Appena in tempo per salvare Massimo dal dovere di battere le mani (dovere che, come ognuno sa, è obbligatorio qualora ci si trovi ad ascoltare la marcia di cui sopra in territorio anche solo virtualmente austriaco).

«Pronto, nonna. Ciao. Sono Massimo. C'è mica nonno?».

«Eccoli, i giovani d'oggi» rimbeccò la voce della Tilde. «Tutto e subito. Ma chiedemmi come sto, ner frattempo?».

«Dai nonna, come vuoi stare? Sei in montagna in vacanza con nonno...».

«Sì. Cor tu' nonno e con tutti quell'artri debosciati, che mi fanno scompari' dalla vergogna un giorno sì e quell'artro anche. Lo sai cos'ha fatto quer minorato der Barlettani stamattina?».

Massimo scosse la testa, ridendo.

«Me lo immagino».

Uno degli sketch preferiti dal Barlettani, quello del pappagallo per intendersi, era di presentarsi all'ora di pranzo alla reception con il suddetto pappagallo bello pieno di roba gialla, appoggiarlo sul bancone e lamentarsi con l'impiegato perché, nonostante lo avesse lasciato in bella vista sul comodino, nessuno glielo aveva vuotato, ora dimmi te se questo è servizio, io pago fior di quattrini per venire qui in vacanza e non mi vuotano nemmeno il pappagallo.

«Te te lo immagini, ma a me mi tocca vedello. E sentillo. Guarda, ce n'avrei da raccontattene per una serata...».

«Ecco, appunto. Siccome la serata non ce l'ho, mi passeresti nonno prima che faccia buio?».

«Contento te. Ti passo nonno, allora?».

«L'intenzione era quella, sì. Grazie».

Si udì un confuso trapestìo di cornette che cascavano e nomi di divinità invocati invano, dopodiché la voce di Ampelio uscì netta dall'altoparlante:

«Alla grazia der bimbo! Come va?».

«Io, bene. Te?».

«Salve, Ampelio» si inserì Alice. «Come sta?».

«Bah, c'è anche la signorina commissaria. Bene, bene, signorina. Volevate sape' quarcosa der fattaccio?».

«E lei come fa a saperlo?» chiese Alice, sorridendo.

«L'urtima vorta che quer tizio lì m'ha telefonato in montagna aveva otto anni, e l'aveva costretto su' madre. Allora?».

«Sì, Ampelio, avremmo bisogno di qualche informazione. Qualche informazione sulla vittima».

«Dìo bono. Si chiamava Sandra Carmassi. Età, quarantacinque, più o meno. Abitava a Ortisei da un cinque sei anni, dice. Perzona schiva e musona, di velle che 'un danno confidenza. Anche la gente di qui sa pòo».

La commissaria guardò Massimo, sorridendo.

«Di aspetto fisico com'era, questa signora?».

«D'aspetto fisìo? Mah, io, dalle foto che ho visto, era brutta come una distorzione ar ginocchio».

«No, Ampelio. Intendevo se era esile, robusta, alta...».

«So una sega io» rispose Ampelio. «Quarcuno lo saprà. Ora si chiede».

«Benissimo. E... avrei bisogno di un'altra informazione, Ampelio. Questa è una cosa un pochino delicata, e bisognerebbe muoversi con i piedi di piombo».

«Dìo bono, signorina. 'Un si fida?».

«Lei sì» si inserì Massimo. «Io no».

«Guardi, è una cosa che in realtà dovrebbe chiedere sua moglie. O una delle altre signore in gita».

All'altro capo del telefono si avvertì un concreto senso di dubbio, come capita agli uomini di una volta quando si chiedono perché far fare a una donna qualcosa di diverso dallo stirare.

«Glielo dico perché bisognerebbe andare dalla parrucchiera da cui andava la vittima. Mi permetta, Ampelio, ma io non ce la vedo in un salone di *coiffeur pour dames* pieno di donne che si fanno i colpi di sole».

«Artri tempi. Cosa ni dovrebbe chiede' la Tilde a questi tizi?».

«Con circospezione, dovrebbe chiedere se questa donna aveva delle cicatrici fra i capelli. Si inventi una storia, dica che forse la conosceva, veda lei. Sono sicuro che non abbiate bisogno di consigli».

«Ecco qui».

La commissaria squadernò di fronte a Massimo il «Corriere della Sera», aperto alla pagina del servizio sul misterioso delitto della Val Gardena. Dopo aver saltato le prime righe, cominciò a leggere.

«"Sono le 19.35 quando il caporeparto del supermercato, sorpreso dalla prolungata assenza della propria impiegata, va in magazzino a cercarla, trovandola riversa a terra, fra mucchi di scatole rovesciate. Strangolata con un filo di ferro. Prima di morire, la donna deve aver opposto una selvaggia resistenza, come testimonia la confusione del magazzino, recante inequivocabili segni di lotta. Il che, secondo le indiscrezioni che trapelano dalla questura, ha portato gli inquirenti a supporre che l'assassino debba essere una donna, o comunque una persona non dotata di eccezionale forza fisica: la vittima infatti era minuta, di statura non superiore al metro e cinquantacinque". E questo è il primo punto. Sandra Carmassi era bassa e minuta».

«E il secondo punto?».

«Eccolo qua. "La vittima, divorziata, lascia due gemelli di dieci anni"».

«Capisco» disse Massimo, annuendo con serietà. «Sei convinta che l'abbiano strangolata loro? Però devono essere montati su un panchetto...».

«Cretino. No, tutto questo per introdurti meglio alla conoscenza di Sibilla Capaccioli».

E qui, Alice squadernò un giornale vecchio di qualche anno, con la carta un tempo bianca che ormai virava sul tortora sporco.

«Ecco qua. Sibilla Capaccioli, nata a Pisa il 23 febbraio 1965, ex appartenente alla Formazione proletaria combattente. Protagonista di una rapina in banca, fatta allo scopo di finanziare l'organizzazione, che porta alla morte di tre persone, e successivamente coinvolta in altri fatti del genere, per i quali viene processata nel 2003 rischiando dai tre ai sei ergastoli». La voce della commissaria si incrinò, schifata. «Però, nel corso del processo, la nostra cara Sibilla, poverina, si pente. E grazie al proprio pentimento, rende possibile lo smantellamento del resto dell'organizzazione».

«Però. Un chicchino di donna».

«Più che un chicchino, uno scricciolo. Tanto piccola che il cronista nota essere più bassa dell'avvocato Cantagalli, il quale non supera il metro e sessanta. E vuoi sapere perché si è pentita?».

«Non saprei» disse Massimo. Il quale invece lo aveva capito benissimo. Solo, chissà perché, era un piacere ascoltare la voce della commissaria che spiegava le cose. Netta, precisa e chirurgica, senza una parola di troppo.

«Perché la nostra cara Sibilla, all'epoca del processo, è incinta. Aspetta due gemelli. E non vuole che crescano senza madre, poveri figlioli».

Massimo tacque, lasciando alla commissaria l'onore di spiegare.

«Vedi, in un altro frangente avrei ricostruito parecchie cose con lo SDI, cioè con...».

«Il servizio d'indagine elettronico della polizia, lo so. Ci ho già avuto a che fare».

«Bravo. Mi scordo sempre dei tuoi trascorsi criminali. Però stavolta lo SDI non lo posso toccare nemmeno con la canna da pesca. Mi beccano subito. Adesso, la possibilità che la vittima, Sandra Carmassi, sia nient'altro che la nuova identità di Sibilla Capaccioli è ancora viva. Cioè, non abbiamo nessuna certezza che siano la stessa persona, semplicemente non abbiamo ancora trovato niente che contraddica l'ipotesi».

«Ho capito. Per avvalorarla ulteriormente, quindi, hai chiesto a mio nonno di verificare questa cosa delle cicatrici. Vuoi sapere se la tizia si era sottoposta ad una plastica facciale».

La commissaria, silenziosamente, annuì.

«Una volta che abbiamo stabilito che la tizia si era fatta fare una plastica facciale...» la commissaria indicò, sulla pagina del «Corriere», la fototessera della vittima «... e che i risultati sono questi qui, direi che non abbiamo dubbi. Per motivi estetici non se l'è fatta di sicuro. Non vedo segni di grandi ustioni o di altri traumi che richiederebbero un intervento del genere, l'unico motivo è il cambio di identità».

«Ho capito. Il che significherebbe che, se il cambio di identità era stato così radicale, nessuno avrebbe dovuto essere in grado di riconoscerla».

«Eh sì. Si capisce».

«Quindi, o chi ha ucciso Sandra Carmassi ha a disposizione un distaccamento condominiale della Stasi...» Massimo si alzò dal tavolino, per dirigersi dietro al bancone, «oppure l'assassino ha ucciso davvero Sandra Carmassi, ignorando chi fosse realmente. Il che, direi, ci taglia fuori dalle indagini definitivamente».

«Be', dipende dai punti di vista». La commissaria si alzò dal tavolo, ripiegando il giornale. «Il mio scopo principale era capire il perché di tutte quelle telefonate, e perché chiunque si trovasse più in alto di me si sentisse in dovere di dirmi che dovevo farmi gli affari miei. Per il resto, ci penserà il vicequestore Kammerlander e tutto il suo apparato».

«Curioso». Massimo incominciò a trafficare intorno alla macchina del caffè. «So che l'Alto Adige è lontano, ma ho la netta impressione che tu mi stia dicendo che l'uva che ci cresce è ancora acerba, mentre invece la realtà è che non ci arrivi».

«Perché, tu ci arrivi?».

«Da solo, spiace ammetterlo, no. Ma magari, montando l'uno sulle spalle dell'altro...».

«No, via, non c'è altro da fare. Dobbiamo piantarla qui» disse Alice, girando piano il cucchiaino nel cappuccino d'ordinanza.

«Non sono d'accordo» rispose Massimo, e non pensava solo al caso.

Caso che, nel corso della mattinata, era stato rovistato, dissezionato ed eviscerato da ognuno dei pochi, pochissimi punti di vista a disposizione dei due.

D'altronde, i cinque giorni senza vecchietti erano già di per sé un pezzettino di Nirvana, e combinati con la presenza di una persona con cui non dover parlare per forza di calcio o di meteorologia si erano trasformati in qualcosa in grado di dare dipendenza. I vecchietti, dal canto loro, avevano funzionato egregiamente anche negli avamposti dell'impero austroungarico, confermando la supposizione della commissaria.

L'indagine in loco da parte dei vecchiacci, a dire il vero, era stata meno facile di quanto potesse sembrare. In primo luogo, era stata preceduta da un dibattito su chi fosse il soggetto più indicato per la delicata indagine, la quale doveva essere portata avanti, come aveva chiesto Massimo, con assoluta discrezione; e, con l'autentico spirito democratico che da sempre alberga nel lavoratore pubblico, il dibattito era stato allargato a tutti i partecipanti alla gita delle Poste. Gitanti i quali fin da subito, mentre la hall dell'albergo si riempiva, si erano divisi in due partiti, ovvero quelli secondo cui «I parrucchieri son tutti òminisessuali, è meglio ci vada una donna», e quelli che invece sostenevano che «Saranno quer che saranno, Pilade farebbe parla' anche Cusani, figurati se 'un fa parla' uno che fa 'r parrucchiere». Si era discusso sulla incongruenza di mandare un uomo in un negozio di parrucchiere per signora, nonché sulla possibilità che il Del Tacca non riuscisse ad entrare nella poltrona del *coiffeur*, e si era infine deciso che Pilade avrebbe accompagnato la sua signora a farsi la permanente e che sarebbe rimasto nel negozio per farle compagnia e scambiare due parole.

In secondo luogo, non sapendo dove la vittima era solita andare a farsi i capelli, e dato il fatto che i locali di *hair stylist* nel paese erano in numero di sei, si era discusso sulla scarsa possibilità che la coppia Del Tacca non indovinasse subito il locale giusto. A detta di molti, una signora Clelia che entrava in un negozio di parrucchiere col capello visibilmente messo in piega qualche ora prima, chiedendo di rinnovarle l'acconciatura, avrebbe colpito anche l'osservatore più distratto. «A esse' sinceri» aveva riconosciuto il marito, «'un è che tu sia propio Pèris Hilton», osservazione alla quale la signora aveva ribattuto: «Anche te 'un è che tu sia Brèd Pitt, si fa prima a sartatti che a giratti intorno».

Si era quindi deliberato che le coppie destinate all'indagine sarebbero state per l'appunto sei, ovverosia una per locale, e che avrebbero indagato ognuna per conto proprio e simultaneamente, al fine di non attirare troppo l'attenzione. Ma, alla fine, tanta strategia aveva pagato: la signora Sandra Carmassi aveva tra i capelli due cicatrici, simmetriche, esattamente dietro le orecchie.

Un rapido confronto tra la fototessera/Carmassi sul giornale e una foto di Sibilla Capaccioli nel corso del processo (brutta tremenda in entrambe le versioni, le quali però erano diversissime l'una dall'altra) aveva fatto il resto. Diverso l'arco sopracciliare, diverse le orecchie, diversi i denti. Letteralmente irriconoscibile. La possibilità che qualcuno, vedendo Sandra Carmassi, pensasse a Sibilla Capaccioli, semplicemente non c'era.

«Fidati, non abbiamo abbastanza». La commissaria dette un breve sorsetto circospetto, per poi posare la tazza sul piattino. «Intendo, già prima non avevamo molto. Siamo arrivati a capire chi fosse la vittima, e già siamo stati bravi. Ma andare oltre, senza avere informazioni affidabili, non si può».

«Hai ragione». Massimo si versò un altro po' di tè freddo. «Potremmo tenere i vecchiacci in vacanza forzata a Ortisei per un altro mesetto. Magari riescono a sapere qualcos'altro, oppure a farsi arrestare. A me vanno bene entrambe».

La commissaria rimase in silenzio, tanto che a Massimo venne il dubbio che non avesse capito che stava scherzando. Anche le donne più intelligenti, a volte, non capiscono gli scherzi: è una convinzione errata dalla quale, spesso, nemmeno i maschi più intelligenti riescono a liberarsi.

Dopo qualche secondo, la commissaria rinvenne.
«Lo sai cos'è che mi irrita?».
«No. Posso provare a indovinare, ma sbaglierei. In fondo sei una femmina. Ci sono troppe possibilità».
La commissaria nemmeno sorrise.
«Mi irrita quando vedo che la gente non ragiona. E dietro a questo caso c'è della gente che non ragiona. Come questa storia che l'assassino sarebbe una persona debole e minuta. Hai presente cosa significhi strangolare qualcuno?».
«A volte ne provo il desiderio. Succede specialmente se la persona in questione ha più di ottant'anni».
«Ma piantala, che gli vuoi un gran bene. Comunque, strangolare una persona non è facile. Ci vuole una gran forza, nelle mani e nelle braccia. Anche se la vittima è minuta, il collo ha una notevole resilienza. Ci vuole forza. Non è il primo metodo che sceglierei, se fossi piccolo e gracile, anche se la mia vittima fosse a sua volta un po' deboluccia. Allora, questa storia del casino nel magazzino, che porti necessariamente a una persona piccola e debole, mi sembra parecchio una stronzata. Capisci?».
«Sì, credo di sì». Massimo dette una sorsata particolarmente ispirata al proprio tè freddo, per far vedere che l'argomento lo interessava e che ci stava ragionando. «D'altronde, anche la persona più gracile può essere in grado di difendersi come una leonessa, se tentano di garrotarti».
«Ecco. Vedi? Chi ha fame non ha pane, e chi ha pane non ha i denti. Roba da farsi venire il mal di testa.

A proposito, prima che mi venga davvero, potresti abbassare un po' la musica?».

Massimo si alzò, dirigendosi verso la televisione, dalla quale si diffondeva nell'aere la voce di Al Bano che, in mezzo a un campo di grano, cantava contento:

I delfini, vanno a ballare sulle spiagge;
Gli elefanti, vanno a ballare in cimiteri sconosciuti...

«Ma come ha fatto questo qui ad avere successo?» chiese Alice, guardando verso la televisione.

«In che senso?».

«Come, in che senso? È un tappo, è brutto, cantava canzoni oscene, ha una voce che spaventa i bambini...».

«È proprio lì il punto» disse Massimo, mentre Al Bano ricordava, con il proprio timbro vocale da autoambulanza, che i treni vanno a ballare nei musei a pagamento. «Lo riconosci al volo. Non lo puoi confondere con nessun altro. Buongiorno Aldo».

Aldo, richiudendosi la porta a vetri alle spalle, salutò con una mano, dirigendosi verso il bancone. La commissaria, dopo avergli rivolto a sua volta un cenno di saluto, rimase pensosa, guardando il cigno di Cellino San Marco che garriva tra le spighe.

«Dai, ma per cortesia... Non è che canta male, dà proprio fastidio».

«A te» rimbeccò Massimo. «A te dà fastidio. A me magari potrebbe piacere. Che ne sai?».

«No, dai, c'è un limite a tutto. Ribadisco, dà proprio fastidio».

«E allora?» chiese Aldo.

«Come, e allora? La musica dovrebbe dare piacere, o rilassare».

«Secondo lei. Lei ha detto che questa roba la infastidisce, no?».

La commissaria annuì, spalancando gli occhi in modo espressivo.

«Ecco, già questo significa che le trasmette una sensazione, che non la lascia indifferente». Aldo girò il palmo della mano all'insù. «Vede, signorina, nelle cose artistiche la cosa che conta davvero è evitare l'anestesia, l'assenza di sensazioni di qualsiasi tipo. È molto più probabile che sia davvero un'opera d'arte qualcosa che offende il gusto, piuttosto che una cosa della cui esistenza manco ti accorgi, no?».

Aldo, manovrando intorno al bancone, cercò di portarsi accanto alla cassa, dove Massimo teneva le sigarette.

«Prenda Massimo, per esempio. Uno con la sua cultura e la sua intelligenza dovrebbe ascoltare qualcosa di meglio dei Village People, no? E invece, tutte le volte che tento di fargli ascoltare qualcosa di un minimo elaborato, sclera. Te lo ricordi quando ti portai a sentire Bach? *La Passione secondo Matteo*, diretta da Gardiner?».

«Hai voglia» rispose Massimo, scuotendo la testa con vigore. «Devo ammettere che, come composizione, manteneva le promesse del titolo».

«Ecco, vedi? Sei un grezzo» disse Aldo, in tono rassegnato. «E come lui sapesse quanti ce n'è. Ognuno di noi, signorina, in termini di arte ha dei gusti suoi. Pensi che c'è gente che paga per andare ai concerti jazz».

«Vero. C'è anche gente che paga per comprarsi le sigarette» disse Massimo, notando che il vegliardo era arrivato a carpire il pacchetto sotto il bancone.

«Non avevo contanti» glissò Aldo, facendo scattare l'accendino con noncuranza. «Vede, signorina, noi pensiamo che le persone abbiano gli stessi gusti nostri, ma è solo perché è più probabile che frequentiamo persone simili a noi. Invece la gente è fatta nei modi più diversi. E ha i gusti più diversi. La cosa importante, per un artista, non è essere bravo, è essere riconoscibile. Fare una cosa in modo tale che soltanto lui la può fare in quel modo».

«E meno male...» disse la commissaria dopo una lunga pausa, tentando di prendere lei la parola, povera illusa. Massimo, sull'aire di Aldo, continuò:

«Soltanto lui. Nel bene e nel male. È vero che il signor Bano ha un'emissione completamente priva di armonici, sembra il campanello del citofono, ma è la sua voce. Scusa, l'hai mai sentita una canzone di Battisti? Era stonato, porca vacca. Eppure ti bastava mezzo secondo per capire che era Battisti. L'avrebbe riconosciuto anche un...».

E qui, Massimo incrociò lo sguardo della commissaria.

Non di Alice, della commissaria.

Accade davvero, talvolta, che due persone pensino esattamente alla stessa cosa nello stesso momento.

«Hotel Weisshorn buongiorno».

«Buongiorno. Vorrei parlare con Ampelio Viviani. Camera 344».

E via con la *Marcia di Radetzky*.

«Oimmèi quanto rompi 'oglioni» disse la voce di Ampelio, dopo una decina di secondi. «T'ho detto che arrivo, arrivo».

«Guarda, per me puoi restare lì anche un altro annetto».

«O chi... Oh, bimbo, scusa. Ero convinto fosse la tu' nonna». La voce di Ampelio si fece lievemente meno perentoria. «È giù alla resèpscion con tutti quell'artri cadaveri verticali che vogliano anda' ar mercatino dell'antiquariato. Siamo vì fra questo spettacolo di montagne, e vole anda' ar mercatino dell'antiquariato. Si vede spera che quarcuno la compri. Scoperto quarcosa?».

«Affermativo. Adesso avremmo bisogno che tu chiedessi un'informazione».

«Dìo bono. Poi me lo spiegate anche a me, cosa succede, vero?».

«Assolutamente. Dopo ti spiego tutto. Però ho bisogno che tu vada a chiedere una cosa ai cassieri del supermercato, quello dove lavorava la vittima. Dovresti chiedere se per caso, nei giorni precedenti al fatto, hanno visto una persona di un determinato tipo, che non avevano mai visto prima, e che magari è anche andato lì più volte».

«Eh, bisogna vede' se se la riòrdano...».

«Fidati, fidati. Se l'hanno vista se la ricordano. Però, nonno, devi fare le cose con circospezione. Con attenzione, va bene? Non fare come al tuo solito che vai lì tipo banditore. È una cosa che richiede discrezione, ci va di mezzo la carriera di Alice».

«Siamo già a chiamassi per nome?». Al di là della cornetta si indovinava un sorriso a tutta dentiera. «Bravo Massimino. Sono orgoglioso di te».

Massimo riuscì a non intercettare gli occhi della commissaria, ma non ad evitare che le orecchie assumessero un'accattivante sfumatura vermiglia.

«Nonno, per favore...».

«No, Dìo bono, quando va detto va detto. Ciai messo sei mesi, ma ci sei arrivato. Dimmelo quando la vòi invita' a cena, ti regalo francobollo e carta intestata».

«Sì, sì. Ascolta, nonno: devi andare al supermercato e chiedere, con discrezione, mi raccomando con discrezione, se recentemente è andato lì più volte a fare la spesa un cieco. Hai capito?».

«Ho capito, ho capito. 'Un sono mìa sordo. Un cèo che è andato lì a fare la spesa. E perché ti interessa, me lo spieghi?».

«Certo. Te l'ho promesso. Dopo te lo spiego» rispose Massimo.

E, con una certa delicatezza, buttò giù.

La commissaria lo guardò, sorpresa.

«Non ho detto quanto dopo glielo avrei spiegato» disse Massimo, tranquillo e sereno.

«Ho capito, ma pover'uomo...».

«Pover'uomo un cazzo. Per una volta che so più cose di loro, fammi divertire».

«Il BarLume buongiorno».

«Ciao Massimo, sono Pilade».

«Oh, Pilade. Come va?».

«Bene, bene. Senti, ha detto nonno di ditti du 'ose. La prima è che sei un ignorante. La seonda è che avevi ragione. L'hanno visto. Quattro vorte, in quattro giorni. L'ultima volta, ir giorno stesso dell'omicidio. E poi, 'un l'hanno visto più».

«Bene. Ho capito».

«Bravo. Ciò piacere. Noi, invece, 'un ci si capisce nulla. Ce lo dici, per favore, cosa c'entrano i cèi?».

«Non sono sicuro di potere. Disposizioni ufficiali. Passo e chiudo».

«"... come ha spiegato agli inquirenti, il delitto è stato pianificato nel corso della seconda e della terza visita. La quarta volta, Andrea Albertazzi è entrato con le idee chiare, e deciso a mettere in atto il suo disegno di vendetta. Una volta resosi conto che la donna era vicina, Albertazzi si è addentrato di proposito nel magazzino, attraverso una porta che recava visibilmente scritto che l'accesso al locale era riservato al personale della struttura, sperando che la vittima lo seguisse"».

Uno dei lunedì più surreali che il bar di Massimo avesse mai vissuto.

In un silenzio di vetro, il Rimediotti leggeva, tenendo il giornale alto.

Tutto intorno, solo orecchie.

Nessuna mano che si muoveva, nessun bicchiere portato alle labbra, nessun polmone che minasse la tensione del momento con l'abituale scatarrata di metà articolo.

«"Cosa che è avvenuta: Sibilla Capaccioli, visto un non vedente che entrava in un luogo a cui l'accesso era vietato, lo ha raggiunto credendo che si fosse sbagliato, magari pensando di poterlo aiutare. In qualche modo, paradossalmente, l'aiuto c'è stato, perché così facendo l'ex terrorista si è consegnata nelle mani del proprio assassino, che la aspettava al di là della porta munito di un lacciolo. Con precisione, e con freddezza, Albertazzi ha descritto la difficoltà nell'individuare subito la donna, e la breve ma impari lotta che ne è seguita, senza che nessuno la potesse avvertire. L'assassino aveva infatti pianificato tutto: anche il fatto di entrare in azione al momento in cui gli altoparlanti diffondevano il jingle più rumoroso, che viene trasmesso esattamente ogni sette minuti. Così come, con freddezza, Albertazzi ha raccontato agli inquirenti della fidanzata, rimasta uccisa nel corso della rapina alla Cassa di Credito Cooperativo della Val di Serchio, mentre era incinta di quattro mesi. E dello sdegno provato, nel corso del processo, nel sentire che una persona che gli aveva tolto il futuro, poteva riavere il proprio e prendersi cura dei figli che avrebbe avuto. 46 anni, figlio unico, cieco dalla nascita, Andrea Albertazzi ha fatto dell'udito la propria vista: è diplomato in pianoforte e lavora come accordatore presso la ditta di famiglia. Un orecchio fino, finissimo, in grado di ricordare una voce così come chiunque veda si ricorda una faccia, un volto. E quando è entrato in questo piccolo supermercato di questa piccola e rigogliosa cittadina, ha riconosciuto una voce. Non una voce amica, ma tutto il contrario"».

Il Rimediotti, con cautela, abbassò le falde del giornale.

Al di là della carta, i tre vecchietti guardavano ognuno in una direzione differente.

«Boia de', che storia...» disse infine il Del Tacca. «La Capaccioli».

«Davvero» grugnì Ampelio. «Te guarda lì cosa siamo andati a pesca'...».

«Qualcuno di voi la conosceva?» chiese Alice, al di là del proprio cappuccino.

«Qualcuno, no». Aldo, in piedi al bancone, guardò la ragazza da sopra gli occhiali. «Tutti. Tutti la conoscevamo. Specialmente Pilade, e Ampelio. Sai, anche loro erano di quella razza lì».

«Terroristi anche voi?» chiese la commissaria. «Un po' di paura, effettivamente, cominciate a farmela».

«Ma cosa vòle terrorizza'» ridacchiò Pilade. «E s'andava tutti allo stesso circolo, quello dell'ARCI. Quello dei comunisti. E ci andava mezzo paese. Perché qui, una volta, signorina, s'era comunisti. Ma comunisti per davvero. L'ha presente?».

«L'ho presente, l'ho presente» sorrise la commissaria, da dietro la tazza. «Quelli brutti, sporchi e cattivi, che mangiano i bambini. Lei non mangiava i bambini, Aldo?».

«No, signorina. Io sono liberale. Ho leccato qualche mamma, talvolta, lo ammetto».

«E lei, Ampelio, invece, i bambini li mangiava?».

«Macché, li finiva tutti Pilade» rispose Ampelio, indicando il compagno di partito col bastone. «E io rimanevo a bocca vòta».

«Vuota magari, ma chiusa non c'è verso».

«Zitto te, ingrato». Ampelio mugugnò un attimo, e poi riprese: «Io invece zitto 'un ci so sta', è vero. E allora, signorina, ne la posso fa' una domanda?».

Attimo di panico.

«Ma come no. Dica, dica».

«Ecco, io a fammi 'azzi dell'artri 'un rischio nulla. Ogni età cià 'r su' bono, e se io vado in giro a rompe' 'oglioni e a chiede' a questo e a quell'artro, e poi a spettegola', a me in galera 'un mi ci mette nessuno. Giusto?».

«Giusto».

«Lei, invece, s'è presa la briga di mettessi a fa' questa cosa quando n'avevano detto di sta' bona e zitta, e una vorta che ha capito com'era andata ha preso e ha telefonato in via ufficiosa a questo vicequestore Kappelmeister, lì, e n'ha spiegato le cose, senza prendessi 'r merito di nulla. Ha rischiato la carriera per poi 'un prendessi nessun merito. Me lo spiega un po' com'è 'sta storia?».

«Se le dicessi che sono una persona particolarmente modesta?».

«C'è già 'r governo a pigliammi per ir culo, signorina».

Indice

Sei casi al BarLume

Questo volume è stato stampato
su carta Palatina
delle Cartiere di Fabriano
nel mese di settembre 2016
presso la Leva (divisione di AB int.)
Sesto S. Giovanni (MI)
e confezionato
presso IGF s.p.a. - Aldeno (TN)

La memoria

Ultimi volumi pubblicati

501 Alessandra Lavagnino. Una granita di caffè con panna
502 Prosper Mérimée. Lettere a una sconosciuta
503 Le storie di Giufà
504 Giuliana Saladino. Terra di rapina
505 Guido Gozzano. La signorina Felicita e le poesie dei «Colloqui»
506 Ackworth, Forsyth, Harrington, Holding, Melyan, Moyes, Rendell, Stoker, Vickers, Wells, Woolf, Zuroy. Il gatto di miss Paisley. Dodici racconti gialli con animali
507 Andrea Camilleri. L'odore della notte
508 Dashiell Hammett. Un matrimonio d'amore
509 Augusto De Angelis. Il mistero delle tre orchidee
510 Wilkie Collins. La follia dei Monkton
511 Pablo De Santis. La traduzione
512 Alicia Giménez-Bartlett. Messaggeri dell'oscurità
513 Elisabeth Sanxay Holding. Una barriera di vuoto
514 Gian Mauro Costa. Yesterday
515 Renzo Segre. Venti mesi
516 Alberto Vigevani. Estate al lago
517 Luisa Adorno, Daniele Pecorini-Manzoni. Foglia d'acero
518 Gian Carlo Fusco. Guerra d'Albania
519 Alejo Carpentier. Il secolo dei lumi
520 Andrea Camilleri. Il re di Girgenti
521 Tullio Kezich. Il campeggio di Duttogliano
522 Lorenzo Magalotti. Saggi di naturali esperienze
523 Angeli, Bazzero, Contessa Lara, De Amicis, De Marchi, Deledda, Di Giacomo, Fleres, Fogazzaro, Ghislanzoni, Marchesa Colombi, Molineri, Pascoli, Pirandello, Tarchetti. Notti di dicembre. Racconti di Natale dell'Ottocento
524 Lionello Massobrio. Dimenticati
525 Vittorio Gassman. Intervista sul teatro
526 Gabriella Badalamenti. Come l'oleandro
527 La seduzione nel Celeste Impero
528 Alicia Giménez-Bartlett. Morti di carta
529 Margaret Doody. Gli alchimisti
530 Daria Galateria. Entre nous
531 Alessandra Lavagnino. Le bibliotecarie di Alessandria

532 Jorge Ibargüengoitia. I lampi di agosto
533 Carola Prosperi. Eva contro Eva
534 Viktor Šklovskij. Zoo o lettere non d'amore
535 Sergej Dovlatov. Regime speciale
536 Chiusole, Eco, Hugo, Nerval, Musil, Ortega y Gasset. Libri e biblioteche
537 Rodolfo Walsh. Operazione massacro
538 Turi Vasile. La valigia di fibra
539 Augusto De Angelis. L'Albergo delle Tre Rose
540 Franco Enna. L'occhio lungo
541 Alicia Giménez-Bartlett. Riti di morte
542 Anton Čechov. Il fiammifero svedese
543 Penelope Fitzgerald. Il Fanciullo d'oro
544 Giorgio Scerbanenco. Uccidere per amore
545 Margaret Doody. Aristotele e il mistero della vita
546 Gianrico Carofiglio. Testimone inconsapevole
547 Gilbert Keith Chesterton. Come si scrive un giallo
548 Giulia Alberico. Il gioco della sorte
549 Angelo Morino. In viaggio con Junior
550 Dorothy Wordsworth. I diari di Grasmere
551 Giles Lytton Strachey. Ritratti in miniatura
552 Luciano Canfora. Il copista come autore
553 Giuseppe Prezzolini. Storia tascabile della letteratura italiana
554 Gian Carlo Fusco. L'Italia al dente
555 Marcella Cioni. La porta tra i delfini
556 Marisa Fenoglio. Mai senza una donna
557 Ernesto Ferrero. Elisa
558 Santo Piazzese. Il soffio della valanga
559 Penelope Fitzgerald. Voci umane
560 Mary Cholmondeley. Il gradino più basso
561 Anthony Trollope. L'amministratore
562 Alberto Savinio. Dieci processi
563 Guido Nobili. Memorie lontane
564 Giuseppe Bonaviri. Il vicolo blu
565 Paolo D'Alessandro. Colloqui
566 Alessandra Lavagnino. I Daneu. Una famiglia di antiquari
567 Leonardo Sciascia scrittore editore ovvero La felicità di far libri
568 Alexandre Dumas. Ascanio
569 Mario Soldati. America primo amore
570 Andrea Camilleri. Il giro di boa
571 Anatole Le Braz. La leggenda della morte
572 Penelope Fitzgerald. La casa sull'acqua
573 Sergio Atzeni. Gli anni della grande peste
574 Roberto Bolaño. Notturno cileno
575 Alicia Giménez-Bartlett. Serpenti nel Paradiso
576 Alessandro Perissinotto. Treno 8017
577 Augusto De Angelis. Il mistero di Cinecittà
578 Françoise Sagan. La guardia del cuore
579 Gian Carlo Fusco. Gli indesiderabili
580 Pierre Boileau, Thomas Narcejac. La donna che visse due volte

581 John Mortimer. Avventure di un avvocato
582 François Fejtö. Viaggio sentimentale
583 Pietro Verri. A mia figlia
584 Toni Maraini. Ricordi d'arte e prigionia di Topazia Alliata
585 Andrea Camilleri. La presa di Macallè
586 Guillaume Prévost. I sette delitti di Roma
587 Margaret Doody. Aristotele e l'anello di bronzo
588 Guido Gozzano. Fiabe e novelline
589 Gaetano Savatteri. La ferita di Vishinskij
590 Gianrico Carofiglio. Ad occhi chiusi
591 Ana María Matute. Piccolo teatro
592 Mario Soldati. I racconti del Maresciallo
593 Benedetto Croce. Luisa Sanfelice e la congiura dei Baccher
594 Roberto Bolaño. Puttane assassine
595 Giorgio Scerbanenco. La mia ragazza di Magdalena
596 Elio Petri. Roma ore 11
597 Raymond Radiguet. Il ballo del conte d'Orgel
598 Penelope Fitzgerald. Da Freddie
599 Poesia dell'Islam
600
601 Augusto De Angelis. La barchetta di cristallo
602 Manuel Puig. Scende la notte tropicale
603 Gian Carlo Fusco. La lunga marcia
604 Ugo Cornia. Roma
605 Lisa Foa. È andata così
606 Vittorio Nisticò. L'Ora dei ricordi
607 Pablo De Santis. Il calligrafo di Voltaire
608 Anthony Trollope. Le torri di Barchester
609 Mario Soldati. La verità sul caso Motta
610 Jorge Ibargüengoitia. Le morte
611 Alicia Giménez-Bartlett. Un bastimento carico di riso
612 Luciano Folgore. La trappola colorata
613 Giorgio Scerbanenco. Rossa
614 Luciano Anselmi. Il palazzaccio
615 Guillaume Prévost. L'assassino e il profeta
616 John Ball. La calda notte dell'ispettore Tibbs
617 Michele Perriera. Finirà questa malìa?
618 Alexandre Dumas. I Cenci
619 Alexandre Dumas. I Borgia
620 Mario Specchio. Morte di un medico
621 Giorgio Frasca Polara. Cose di Sicilia e di siciliani
622 Sergej Dovlatov. Il Parco di Puškin
623 Andrea Camilleri. La pazienza del ragno
624 Pietro Pancrazi. Della tolleranza
625 Edith de la Héronnière. La ballata dei pellegrini
626 Roberto Bassi. Scaramucce sul lago Ladoga
627 Alexandre Dumas. Il grande dizionario di cucina
628 Eduardo Rebulla. Stati di sospensione
629 Roberto Bolaño. La pista di ghiaccio
630 Domenico Seminerio. Senza re né regno

631 Penelope Fitzgerald. Innocenza
632 Margaret Doody. Aristotele e i veleni di Atene
633 Salvo Licata. Il mondo è degli sconosciuti
634 Mario Soldati. Fuga in Italia
635 Alessandra Lavagnino. Via dei Serpenti
636 Roberto Bolaño. Un romanzetto canaglia
637 Emanuele Levi. Il giornale di Emanuele
638 Maj Sjöwall, Per Wahlöö. Roseanna
639 Anthony Trollope. Il Dottor Thorne
640 Studs Terkel. I giganti del jazz
641 Manuel Puig. Il tradimento di Rita Hayworth
642 Andrea Camilleri. Privo di titolo
643 Anonimo. Romanzo di Alessandro
644 Gian Carlo Fusco. A Roma con Bubù
645 Mario Soldati. La giacca verde
646 Luciano Canfora. La sentenza
647 Annie Vivanti. Racconti americani
648 Piero Calamandrei. Ada con gli occhi stellanti. Lettere 1908-1915
649 Budd Schulberg. Perché corre Sammy?
650 Alberto Vigevani. Lettera al signor Alzheryan
651 Isabelle de Charrière. Lettere da Losanna
652 Alexandre Dumas. La marchesa di Ganges
653 Alexandre Dumas. Murat
654 Constantin Photiadès. Le vite del conte di Cagliostro
655 Augusto De Angelis. Il candeliere a sette fiamme
656 Andrea Camilleri. La luna di carta
657 Alicia Giménez-Bartlett. Il caso del lituano
658 Jorge Ibargüengoitia. Ammazzate il leone
659 Thomas Hardy. Una romantica avventura
660 Paul Scarron. Romanzo buffo
661 Mario Soldati. La finestra
662 Roberto Bolaño. Monsieur Pain
663 Louis-Alexandre Andrault de Langeron. La battaglia di Austerlitz
664 William Riley Burnett. Giungla d'asfalto
665 Maj Sjöwall, Per Wahlöö. Un assassino di troppo
666 Guillaume Prévost. Jules Verne e il mistero della camera oscura
667 Honoré de Balzac. Massime e pensieri di Napoleone
668 Jules Michelet, Athénaïs Mialaret. Lettere d'amore
669 Gian Carlo Fusco. Mussolini e le donne
670 Pier Luigi Celli. Un anno nella vita
671 Margaret Doody. Aristotele e i Misteri di Eleusi
672 Mario Soldati. Il padre degli orfani
673 Alessandra Lavagnino. Un inverno. 1943-1944
674 Anthony Trollope. La Canonica di Framley
675 Domenico Seminerio. Il cammello e la corda
676 Annie Vivanti. Marion artista di caffè-concerto
677 Giuseppe Bonaviri. L'incredibile storia di un cranio
678 Andrea Camilleri. La vampa d'agosto
679 Mario Soldati. Cinematografo
680 Pierre Boileau, Thomas Narcejac. I vedovi

681 Honoré de Balzac. Il parroco di Tours
682 Béatrix Saule. La giornata di Luigi XIV. 16 novembre 1700
683 Roberto Bolaño. Il gaucho insostenibile
684 Giorgio Scerbanenco. Uomini ragno
685 William Riley Burnett. Piccolo Cesare
686 Maj Sjöwall, Per Wahlöö. L'uomo al balcone
687 Davide Camarrone. Lorenza e il commissario
688 Sergej Dovlatov. La marcia dei solitari
689 Mario Soldati. Un viaggio a Lourdes
690 Gianrico Carofiglio. Ragionevoli dubbi
691 Tullio Kezich. Una notte terribile e confusa
692 Alexandre Dumas. Maria Stuarda
693 Clemente Manenti. Ungheria 1956. Il cardinale e il suo custode
694 Andrea Camilleri. Le ali della sfinge
695 Gaetano Savatteri. Gli uomini che non si voltano
696 Giuseppe Bonaviri. Il sarto della stradalunga
697 Constant Wairy. Il valletto di Napoleone
698 Gian Carlo Fusco. Papa Giovanni
699 Luigi Capuana. Il Raccontafiabe
700
701 Angelo Morino. Rosso taranta
702 Michele Perriera. La casa
703 Ugo Cornia. Le pratiche del disgusto
704 Luigi Filippo d'Amico. L'uomo delle contraddizioni. Pirandello visto da vicino
705 Giuseppe Scaraffia. Dizionario del dandy
706 Enrico Micheli. Italo
707 Andrea Camilleri. Le pecore e il pastore
708 Maria Attanasio. Il falsario di Caltagirone
709 Roberto Bolaño. Anversa
710 John Mortimer. Nuovi casi per l'avvocato Rumpole
711 Alicia Giménez-Bartlett. Nido vuoto
712 Toni Maraini. La lettera da Benares
713 Maj Sjöwall, Per Wahlöö. Il poliziotto che ride
714 Budd Schulberg. I disincantati
715 Alda Bruno. Germani in bellavista
716 Marco Malvaldi. La briscola in cinque
717 Andrea Camilleri. La pista di sabbia
718 Stefano Vilardo. Tutti dicono Germania Germania
719 Marcello Venturi. L'ultimo veliero
720 Augusto De Angelis. L'impronta del gatto
721 Giorgio Scerbanenco. Annalisa e il passaggio a livello
722 Anthony Trollope. La Casetta ad Allington
723 Marco Santagata. Il salto degli Orlandi
724 Ruggero Cappuccio. La notte dei due silenzi
725 Sergej Dovlatov. Il libro invisibile
726 Giorgio Bassani. I Promessi Sposi. Un esperimento
727 Andrea Camilleri. Maruzza Musumeci
728 Furio Bordon. Il canto dell'orco
729 Francesco Laudadio. Scrivano Ingannamorte

730 Louise de Vilmorin. Coco Chanel
731 Alberto Vigevani. All'ombra di mio padre
732 Alexandre Dumas. Il cavaliere di Sainte-Hermine
733 Adriano Sofri. Chi è il mio prossimo
734 Gianrico Carofiglio. L'arte del dubbio
735 Jacques Boulenger. Il romanzo di Merlino
736 Annie Vivanti. I divoratori
737 Mario Soldati. L'amico gesuita
738 Umberto Domina. La moglie che ha sbagliato cugino
739 Maj Sjöwall, Per Wahlöö. L'autopompa fantasma
740 Alexandre Dumas. Il tulipano nero
741 Giorgio Scerbanenco. Sei giorni di preavviso
742 Domenico Seminerio. Il manoscritto di Shakespeare
743 André Gorz. Lettera a D. Storia di un amore
744 Andrea Camilleri. Il campo del vasaio
745 Adriano Sofri. Contro Giuliano. Noi uomini, le donne e l'aborto
746 Luisa Adorno. Tutti qui con me
747 Carlo Flamigni. Un tranquillo paese di Romagna
748 Teresa Solana. Delitto imperfetto
749 Penelope Fitzgerald. Strategie di fuga
750 Andrea Camilleri. Il casellante
751 Mario Soldati. ah! il Mundial!
752 Giuseppe Bonarivi. La divina foresta
753 Maria Savi-Lopez. Leggende del mare
754 Francisco García Pavón. Il regno di Witiza
755 Augusto De Angelis. Giobbe Tuama & C.
756 Eduardo Rebulla. La misura delle cose
757 Maj Sjöwall, Per Wahlöö. Omicidio al Savoy
758 Gaetano Savatteri. Uno per tutti
759 Eugenio Baroncelli. Libro di candele
760 Bill James. Protezione
761 Marco Malvaldi. Il gioco delle tre carte
762 Giorgio Scerbanenco. La bambola cieca
763 Danilo Dolci. Racconti siciliani
764 Andrea Camilleri. L'età del dubbio
765 Carmelo Samonà. Fratelli
766 Jacques Boulenger. Lancillotto del Lago
767 Hans Fallada. E adesso, pover'uomo?
768 Alda Bruno. Tacchino farcito
769 Gian Carlo Fusco. La Legione straniera
770 Piero Calamandrei. Per la scuola
771 Michèle Lesbre. Il canapé rosso
772 Adriano Sofri. La notte che Pinelli
773 Sergej Dovlatov. Il giornale invisibile
774 Tullio Kezich. Noi che abbiamo fatto La dolce vita
775 Mario Soldati. Corrispondenti di guerra
776 Maj Sjöwall, Per Wahlöö. L'uomo che andò in fumo
777 Andrea Camilleri. Il sonaglio
778 Michele Perriera. I nostri tempi
779 Alberto Vigevani. Il battello per Kew

780 Alicia Giménez-Bartlett. Il silenzio dei chiostri
781 Angelo Morino. Quando internet non c'era
782 Augusto De Angelis. Il banchiere assassinato
783 Michel Maffesoli. Icone d'oggi
784 Mehmet Murat Somer. Scandaloso omicidio a Istanbul
785 Francesco Recami. Il ragazzo che leggeva Maigret
786 Bill James. Confessione
787 Roberto Bolaño. I detective selvaggi
788 Giorgio Scerbanenco. Nessuno è colpevole
789 Andrea Camilleri. La danza del gabbiano
790 Giuseppe Bonaviri. Notti sull'altura
791 Giuseppe Tornatore. Baarìa
792 Alicia Giménez-Bartlett. Una stanza tutta per gli altri
793 Furio Bordon. A gentile richiesta
794 Davide Camarrone. Questo è un uomo
795 Andrea Camilleri. La rizzagliata
796 Jacques Bonnet. I fantasmi delle biblioteche
797 Marek Edelman. C'era l'amore nel ghetto
798 Danilo Dolci. Banditi a Partinico
799 Vicki Baum. Grand Hotel
800
801 Anthony Trollope. Le ultime cronache del Barset
802 Arnoldo Foà. Autobiografia di un artista burbero
803 Herta Müller. Lo sguardo estraneo
804 Gianrico Carofiglio. Le perfezioni provvisorie
805 Gian Mauro Costa. Il libro di legno
806 Carlo Flamigni. Circostanze casuali
807 Maj Sjöwall, Per Wahlöö. L'uomo sul tetto
808 Herta Müller. Cristina e il suo doppio
809 Martin Suter. L'ultimo dei Weynfeldt
810 Andrea Camilleri. Il nipote del Negus
811 Teresa Solana. Scorciatoia per il paradiso
812 Francesco M. Cataluccio. Vado a vedere se di là è meglio
813 Allen S. Weiss. Baudelaire cerca gloria
814 Thornton Wilder. Idi di marzo
815 Esmahan Aykol. Hotel Bosforo
816 Davide Enia. Italia-Brasile 3 a 2
817 Giorgio Scerbanenco. L'antro dei filosofi
818 Pietro Grossi. Martini
819 Budd Schulberg. Fronte del porto
820 Andrea Camilleri. La caccia al tesoro
821 Marco Malvaldi. Il re dei giochi
822 Francisco García Pavón. Le sorelle scarlatte
823 Colin Dexter. L'ultima corsa per Woodstock
824 Augusto De Angelis. Sei donne e un libro
825 Giuseppe Bonaviri. L'enorme tempo
826 Bill James. Club
827 Alicia Giménez-Bartlett. Vita sentimentale di un camionista
828 Maj Sjöwall, Per Wahlöö. La camera chiusa
829 Andrea Molesini. Non tutti i bastardi sono di Vienna

830 Michèle Lesbre. Nina per caso
831 Herta Müller. In trappola
832 Hans Fallada. Ognuno muore solo
833 Andrea Camilleri. Il sorriso di Angelica
834 Eugenio Baroncelli. Mosche d'inverno
835 Margaret Doody. Aristotele e i delitti d'Egitto
836 Sergej Dovlatov. La filiale
837 Anthony Trollope. La vita oggi
838 Martin Suter. Com'è piccolo il mondo!
839 Marco Malvaldi. Odore di chiuso
840 Giorgio Scerbanenco. Il cane che parla
841 Festa per Elsa
842 Paul Léautaud. Amori
843 Claudio Coletta. Viale del Policlinico
844 Luigi Pirandello. Racconti per una sera a teatro
845 Andrea Camilleri. Gran Circo Taddei e altre storie di Vigàta
846 Paolo Di Stefano. La catastròfa. Marcinelle 8 agosto 1956
847 Carlo Flamigni. Senso comune
848 Antonio Tabucchi. Racconti con figure
849 Esmahan Aykol. Appartamento a Istanbul
850 Francesco M. Cataluccio. Chernobyl
851 Colin Dexter. Al momento della scomparsa la ragazza indossava
852 Simonetta Agnello Hornby. Un filo d'olio
853 Lawrence Block. L'Ottavo Passo
854 Carlos María Domínguez. La casa di carta
855 Luciano Canfora. La meravigliosa storia del falso Artemidoro
856 Ben Pastor. Il Signore delle cento ossa
857 Francesco Recami. La casa di ringhiera
858 Andrea Camilleri. Il gioco degli specchi
859 Giorgio Scerbanenco. Lo scandalo dell'osservatorio astronomico
860 Carla Melazzini. Insegnare al principe di Danimarca
861 Bill James. Rose, rose
862 Roberto Bolaño, A. G. Porta. Consigli di un discepolo di Jim Morrison a un fanatico di Joyce
863 Stefano Benni. La traccia dell'angelo
864 Martin Suter. Allmen e le libellule
865 Giorgio Scerbanenco. Nebbia sul Naviglio e altri racconti gialli e neri
866 Danilo Dolci. Processo all'articolo 4
867 Maj Sjöwall, Per Wahlöö. Terroristi
868 Ricardo Romero. La sindrome di Rasputin
869 Alicia Giménez-Bartlett. Giorni d'amore e inganno
870 Andrea Camilleri. La setta degli angeli
871 Guglielmo Petroni. Il nome delle parole
872 Giorgio Fontana. Per legge superiore
873 Anthony Trollope. Lady Anna
874 Gian Mauro Costa, Carlo Flamigni, Alicia Giménez-Bartlett, Marco Malvaldi, Ben Pastor, Santo Piazzese, Francesco Recami. Un Natale in giallo
875 Marco Malvaldi. La carta più alta
876 Franz Zeise. L'Armada

877 Colin Dexter. Il mondo silenzioso di Nicholas Quinn
878 Salvatore Silvano Nigro. Il Principe fulvo
879 Ben Pastor. Lumen
880 Dante Troisi. Diario di un giudice
881 Ginevra Bompiani. La stazione termale
882 Andrea Camilleri. La Regina di Pomerania e altre storie di Vigàta
883 Tom Stoppard. La sponda dell'utopia
884 Bill James. Il detective è morto
885 Margaret Doody. Aristotele e la favola dei due corvi bianchi
886 Hans Fallada. Nel mio paese straniero
887 Esmahan Aykol. Divorzio alla turca
888 Angelo Morino. Il film della sua vita
889 Eugenio Baroncelli. Falene. 237 vite quasi perfette
890 Francesco Recami. Gli scheletri nell'armadio
891 Teresa Solana. Sette casi di sangue e una storia d'amore
892 Daria Galateria. Scritti galeotti
893 Andrea Camilleri. Una lama di luce
894 Martin Suter. Allmen e il diamante rosa
895 Carlo Flamigni. Giallo uovo
896 Maj Sjöwall, Per Wahlöö. Il milionario
897 Gian Mauro Costa. Festa di piazza
898 Gianni Bonina. I sette giorni di Allah
899 Carlo María Domínguez. La costa cieca
900
901 Colin Dexter. Niente vacanze per l'ispettore Morse
902 Francesco M. Cataluccio. L'ambaradan delle quisquiglie
903 Giuseppe Barbera. Conca d'oro
904 Andrea Camilleri. Una voce di notte
905 Giuseppe Scaraffia. I piaceri dei grandi
906 Sergio Valzania. La Bolla d'oro
907 Héctor Abad Faciolince. Trattato di culinaria per donne tristi
908 Mario Giorgianni. La forma della sorte
909 Marco Malvaldi. Milioni di milioni
910 Bill James. Il mattatore
911 Esmahan Aykol, Andrea Camilleri, Gian Mauro Costa, Marco Malvaldi, Antonio Manzini, Francesco Recami. Capodanno in giallo
912 Alicia Giménez-Bartlett. Gli onori di casa
913 Giuseppe Tornatore. La migliore offerta
914 Vincenzo Consolo. Esercizi di cronaca
915 Stanisław Lem. Solaris
916 Antonio Manzini. Pista nera
917 Xiao Bai. Intrigo a Shanghai
918 Ben Pastor. Il cielo di stagno
919 Andrea Camilleri. La rivoluzione della luna
920 Colin Dexter. L'ispettore Morse e le morti di Jericho
921 Paolo Di Stefano. Giallo d'Avola
922 Francesco M. Cataluccio. La memoria degli Uffizi
923 Alan Bradley. Aringhe rosse senza mostarda
924 Davide Enia. maggio '43
925 Andrea Molesini. La primavera del lupo

926 Eugenio Baroncelli. Pagine bianche. 55 libri che non ho scritto
927 Roberto Mazzucco. I sicari di Trastevere
928 Ignazio Buttitta. La peddi nova
929 Andrea Camilleri. Un covo di vipere
930 Lawrence Block. Un'altra notte a Brooklyn
931 Francesco Recami. Il segreto di Angela
932 Andrea Camilleri, Gian Mauro Costa, Alicia Giménez-Bartlett, Marco Malvaldi, Antonio Manzini, Francesco Recami. Ferragosto in giallo
933 Alicia Giménez-Bartlett. Segreta Penelope
934 Bill James. Tip Top
935 Davide Camarrone. L'ultima indagine del Commissario
936 Storie della Resistenza
937 John Glassco. Memorie di Montparnasse
938 Marco Malvaldi. Argento vivo
939 Andrea Camilleri. La banda Sacco
940 Ben Pastor. Luna bugiarda
941 Santo Piazzese. Blues di mezz'autunno
942 Alan Bradley. Il Natale di Flavia de Luce
943 Margaret Doody. Aristotele nel regno di Alessandro
944 Maurizio de Giovanni, Alicia Giménez-Bartlett, Bill James, Marco Malvaldi, Antonio Manzini, Francesco Recami. Regalo di Natale
945 Anthony Trollope. Orley Farm
946 Adriano Sofri. Machiavelli, Tupac e la Principessa
947 Antonio Manzini. La costola di Adamo
948 Lorenza Mazzetti. Diario londinese
949 Gian Mauro Costa, Alicia Giménez-Bartlett, Marco Malvaldi, Antonio Manzini, Francesco Recami. Carnevale in giallo
950 Marco Steiner. Il corvo di pietra
951 Colin Dexter. Il mistero del terzo miglio
952 Jennifer Worth. Chiamate la levatrice
953 Andrea Camilleri. Inseguendo un'ombra
954 Nicola Fantini, Laura Pariani. Nostra Signora degli scorpioni
955 Davide Camarrone. Lampaduza
956 José Roman. Chez Maxim's. Ricordi di un fattorino
957 Luciano Canfora. 1914
958 Alessandro Robecchi. Questa non è una canzone d'amore
959 Gian Mauro Costa. L'ultima scommessa
960 Giorgio Fontana. Morte di un uomo felice
961 Andrea Molesini. Presagio
962 La partita di pallone. Storie di calcio
963 Andrea Camilleri. La piramide di fango
964 Beda Romano. Il ragazzo di Erfurt
965 Anthony Trollope. Il Primo Ministro
966 Francesco Recami. Il caso Kakoiannis-Sforza
967 Alan Bradley. A spasso tra le tombe
968 Claudio Coletta. Amstel blues
969 Alicia Giménez-Bartlett, Marco Malvaldi, Antonio Manzini, Francesco Recami, Alessandro Robecchi, Gaetano Savatteri. Vacanze in giallo
970 Carlo Flamigni. La compagnia di Ramazzotto
971 Alicia Giménez-Bartlett. Dove nessuno ti troverà

972 Colin Dexter. Il segreto della camera 3
973 Adriano Sofri. Reagì Mauro Rostagno sorridendo
974 Augusto De Angelis. Il canotto insanguinato
975 Esmahan Aykol. Tango a Istanbul
976 Josefina Aldecoa. Storia di una maestra
977 Marco Malvaldi. Il telefono senza fili
978 Franco Lorenzoni. I bambini pensano grande
979 Eugenio Baroncelli. Gli incantevoli scarti. Cento romanzi di cento parole
980 Andrea Camilleri. Morte in mare aperto e altre indagini del giovane Montalbano
981 Ben Pastor. La strada per Itaca
982 Esmahan Aykol, Alan Bradley, Gian Mauro Costa, Maurizio de Giovanni, Nicola Fantini e Laura Pariani, Alicia Giménez-Bartlett, Francesco Recami. La scuola in giallo
983 Antonio Manzini. Non è stagione
984 Antoine de Saint-Exupéry. Il Piccolo Principe
985 Martin Suter. Allmen e le dalie
986 Piero Violante. Swinging Palermo
987 Marco Balzano, Francesco M. Cataluccio, Neige De Benedetti, Paolo Di Stefano, Giorgio Fontana, Helena Janeczek. Milano
988 Colin Dexter. La fanciulla è morta
989 Manuel Vázquez Montalbán. Galíndez
990 Federico Maria Sardelli. L'affare Vivaldi
991 Alessandro Robecchi. Dove sei stanotte
992 Nicola Fantini e Laura Pariani, Marco Malvaldi, Dominique Manotti, Antonio Manzini, Francesco Recami, Gaetano Savatteri. La crisi in giallo
993 Jennifer Worth. Tra le vite di Londra
994 Hai voluto la bicicletta. Il piacere della fatica
995 Alan Bradley. Un segreto per Flavia de Luce
996 Giampaolo Simi. Cosa resta di noi
997 Alessandro Barbero. Il divano di Istanbul
998 Scott Spencer. Un amore senza fine
999 Antonio Tabucchi. La nostalgia del possibile
1000 La memoria di Elvira
1001 Andrea Camilleri. La giostra degli scambi
1002 Enrico Deaglio. Storia vera e terribile tra Sicilia e America
1003 Francesco Recami. L'uomo con la valigia
1004 Fabio Stassi. Fumisteria
1005 Alicia Giménez-Bartlett, Marco Malvaldi, Antonio Manzini, Santo Piazzese, Francesco Recami, Gaetano Savatteri. Turisti in giallo
1006 Bill James. Un taglio radicale
1007 Alexander Langer. Il viaggiatore leggero. Scritti 1961-1995
1008 Antonio Manzini. Era di maggio
1009 Alicia Giménez-Bartlett. Sei casi per Petra Delicado
1010 Ben Pastor. Kaputt Mundi
1011 Nino Vetri. Il Michelangelo
1012 Andrea Camilleri. Le vichinghe volanti e altre storie d'amore a Vigàta
1013 Elvio Fassone. Fine pena: ora

1014 Dominique Manotti. Oro nero
1015 Marco Steiner. Oltremare
1016 Marco Malvaldi. Buchi nella sabbia
1017 Pamela Lyndon Travers. Zia Sass
1018 Giosuè Calaciura, Gianni Di Gregorio, Antonio Manzini, Fabio Stassi, Giordano Tedoldi, Chiara Valerio. Storie dalla città eterna
1019 Giuseppe Tornatore. La corrispondenza
1020 Rudi Assuntino, Wlodek Goldkorn. Il guardiano. Marek Edelman racconta
1021 Antonio Manzini. Cinque indagini romane per Rocco Schiavone
1022 Lodovico Festa. La provvidenza rossa
1023 Giuseppe Scaraffia. Il demone della frivolezza
1024 Colin Dexter. Il gioiello che era nostro
1025 Alessandro Robecchi. Di rabbia e di vento
1026 Yasmina Khadra. L'attentato
1027 Maj Sjöwall, Tomas Ross. La donna che sembrava Greta Garbo
1028 Daria Galateria. L'etichetta alla corte di Versailles. Dizionario dei privilegi nell'età del Re Sole
1029 Marco Balzano. Il figlio del figlio
1030 Marco Malvaldi. La battaglia navale
1031 Fabio Stassi. La lettrice scomparsa
1032 Esmahan Aykol, Gian Mauro Costa, Alicia Giménez-Bartlett, Marco Malvaldi, Antonio Manzini, Francesco Recami, Gaetano Savatteri. Il calcio in giallo
1033 Sergej Dovlatov. Taccuini
1034 Andrea Camilleri. L'altro capo del filo
1035 Francesco Recami. Morte di un ex tappezziere
1036 Alan Bradley. Flavia de Luce e il delitto nel campo dei cetrioli
1037 Manuel Vázquez Montalbán. Io, Franco
1038 Antonio Manzini. 7-7-2007
1039 Luigi Natoli. I Beati Paoli
1040 Gaetano Savatteri. La fabbrica delle stelle
1041 Giorgio Fontana. Un solo paradiso
1042 Dominique Manotti. Il sentiero della speranza